共和国故事

顽强拼搏

——中国女排实现五连冠突破

李静轩 编写

吉林出版集团股份有限公司

图书在版编目（CIP）数据

顽强拼搏：中国女排实现五连冠突破/李静轩编. —长春：吉林出版集团股份有限公司，2009.12

（共和国故事）

ISBN 978-7-5463-1801-1

Ⅰ．①顽… Ⅱ．①李… Ⅲ．①纪实文学－中国－当代 Ⅳ．①I25

中国版本图书馆CIP数据核字（2009）第236766号

顽强拼搏——中国女排实现五连冠突破
WANQIANG PINBO　　ZHONGGUO NÜPAI SHIXIAN WULIANGUAN TUPO

编写	李静轩	
责任编辑	祖航　黄群	
出版发行	吉林出版集团股份有限公司	
印刷	三河市嵩川印刷有限公司	
版次	2010年1月第1版	2022年1月第8次印刷
开本	710mm×1000mm　1/16	印张　8　字数　69千
书号	ISBN 978-7-5463-1801-1	定价　29.80元
社址	吉林省长春市福祉大路5788号	
电话	0431-81629968	
电子邮箱	tuzi8818@126.com	

版权所有　翻印必究

如有印装质量问题，请寄本社退换

前　言

自1949年10月1日中华人民共和国成立至今,新中国已走过了60年的风雨历程。历史是一面镜子,我们可以从多视角、多侧面对其进行解读。然而有一点是可以肯定的,那就是,半个多世纪以来,在中国共产党的领导下,中国的政治、经济、军事、外交、文化、教育、科技、社会、民生等领域,都发生了深刻的变化,中国人民站起来了,中华民族已屹立于世界民族之林。

60年是短暂的,但这60年带给中国的却是极不平凡的。60年的神州大地经历了沧桑巨变。从开国大典到60年国庆盛典,从经济战线上的三大战役到经济总量居世界第三位,从对农业、手工业、资本主义工商业的三大改造到社会主义市场经济体制的基本确立,从宜将剩勇追穷寇到建立了强大的国防军,从废除一切不平等条约到独立自主的和平外交政策,从"双百"方针到体制改革后的文化事业欣欣向荣,从扫除文盲到实施科教兴国战略建设新型国家,从翻身解放到实现小康社会,凡此种种,中国人民在每个领域无不留下发展的足迹,写就不朽的诗篇。

60年的时间在历史的长河中可谓沧海一粟。其间究竟发生了些什么,怎样发生的,过程怎样,结果如何,却非人人都清楚知道的。对此,亲身经历者或可鲜活如昨,但对后来者来说却可能只是一个概念,对某段历史的记忆影像或不存在,或是模糊的。基于此,为了让年轻人,特别是青少年永远铭记共和国这段不朽的历史,我们推出了这套《共和国故事》。

《共和国故事》虽为故事,但却与戏说无关,我们不过是想借助通俗、富于感染力的文字记录这段历史。在丛书的谋篇布局上,我们尽量选取各个时代具有代表性或深具普遍意义的若干事件加以叙述,使其能反映共和国发展的全景和脉络。为了使题目的设置不至于因大而空,我们着眼于每一重大历史事件的缘起、过程、结局、时间、地点、人物等,抓住点滴和些许小事,力求通透。

历史是复杂的,事态的发展因素也是多方面的。由于叙述者的视角、文化构成不同,对事件的认知或有不足,但这不会影响我们对整个历史事件的判断和思考,至于它能否清晰地表达出我们编辑这套书的本意,那只能交给读者去评判了。

这套丛书可谓是一部书写红色记忆的读物,它对于了解共和国的历史、中国共产党的英明领导和中国人民的伟大实践都是不可或缺的。同时,这套丛书又是一套普及性读物,既针对重点阅读人群,也适宜在全民中推广。相信它必将在我国开展的全民阅读活动中发挥大的作用,成为装备中小学图书馆、农家书屋、社区书屋、机关及企事业单位职工图书室、连队图书室等的重点选择对象。

编　者
2010 年 1 月

目录

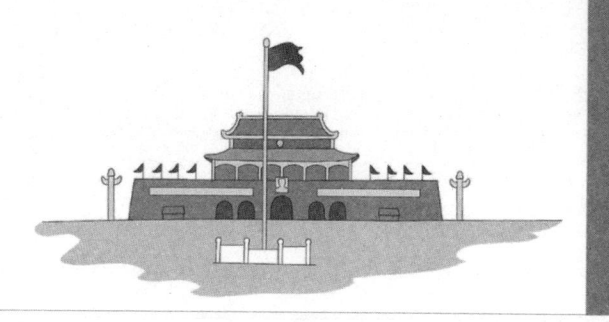

一、冲击世界杯
女排进行艰苦模拟训练/002
女排踏上征战世界杯旅程/004
做好准备决战美国女排/009
中国女排与美国队交锋/015
战胜日本队夺得世界杯冠军/021
中国女排捧得七只奖杯/028
热烈欢迎中国女排凯旋/032

二、赢得世锦赛
刻苦备战世锦赛/038
女排出征秘鲁世锦赛/040
中美女排劲旅展开角逐/042
女排以实力进入决赛/047
女排过关斩将勇夺冠军/052
体育界发表谈话盛赞女排/058

三、决战奥运会
女排艰苦冬训备战奥运会/064
迎战奥运取得决赛权/074

目录

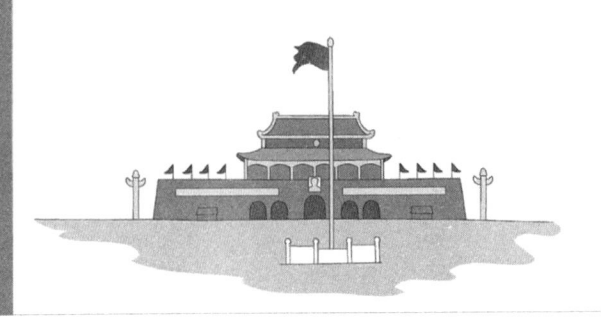

中美大战光荣蝉联三连冠/078

国际舆论盛赞中国女排/080

中央领导祝贺女排夺冠/083

四、再夺世界杯

女排冬训迎战世界杯/088

主教练举行记者招待会/092

女排顽强拼搏夺取四连冠/095

五、再赢世锦赛

女排飞抵布拉格进行训练/104

女排再次取得世锦赛冠军/106

国家体委电贺女排佳绩/114

中国女排成功实现五连冠/116

一、冲击世界杯

- 中国队以 15 比 6 战胜了美国队,干净利落地拿下了这决定乾坤的第五局,通向世界冠军的大门终于打开了。

- 1981 年 11 月 16 日,国务院打电报给中国女子排球队,祝贺她们在第三届世界杯女子排球赛中荣获冠军。

- 中国女排 12 名姑娘听着中国国歌,望着国旗冉冉升起,她们心中充满了自豪。

女排进行艰苦模拟训练

1981年9月,袁伟民带领中国女排来到南京,进行针对性模拟训练。

这是中国队为了备战世界杯,并从这次世界杯日程安排的实际情况出发,进行以迎战欧美强队为目标的训练。

为了能够让中国女排在世界杯中取得理想的成绩,江苏男排作为上届全国冠军,决定放弃卫冕的机会,在全国比赛前夕,抽出4名主力组成男子陪打队,支援国家女排。

江苏男排抽出的主、副攻手和南京部队的一名教练、女排陪打员陈忠和等6人,成了排球场上的"演员",他们分别扮演了苏联、古巴女排的主攻手和副攻手。

在晚上,这些陪打队员则和女排姑娘们一起看苏联、古巴女排的录像。到了白天,他们就扮成假苏联队、古巴队与女排姑娘们较量。

苏、古女排强攻实力雄厚,居高临下,力大势沉。对付她们,前排靠拦网堵截,后排靠防守解救,要有不畏重球的勇气,要有正确判断和迅速反应的能力。

女排针对后防、一传还不过硬的薄弱环节,进行突破训练。这是一种"绝"办法,让防守队员站在墙壁前面,形成毫无退路的局面。

教练袁伟民、邓若曾在距离四五米处，居高临下地扣出一个个重球，要求队员连续扑救起来。

由于来球路线短、出手重、速度快，稍不小心，就招架不住。球砸在身上，打在哪儿哪儿就是一处伤痕。姑娘们臂上、腿上，球印叠球印，伤痕累累，但是谁也没有因此而叫一声苦。

功夫不负有心人，剧烈的对抗训练使她们防重球的能力显著提高。尤其是防守能手陈招娣和张蓉芳，常常能漂亮地防起一些眼看要"落地开花"的球。主攻手郎平的后防能力也有新的提高。

南京集训的最后一周，中国女排和江苏男排陪打队转战南京、镇江、扬州等地，打一场，走一个城市，以适应未来的"拉练式"比赛节奏。

如此安排是因为这次世界杯比赛的安排，是打一场球换一个地方，中国女排 7 场比赛要在日本 5 个城市巡回进行。

此外，针对女排打关键球思想、技术不过硬，以及处于落后比分时应变能力差的弱点，袁伟民、邓若曾从实战需要出发，想出了一个有效的科学训练方法。有时他们规定比赛从 13 比 13 打起，有时又规定一组让二组 5 分或 7 分，从 7 比 12、6 比 13 打起。

这使姑娘们一打比赛就进入关键时刻或落后状态，帮助她们培养自我控制能力和树立反败为胜的信心。

女排踏上征战世界杯旅程

1981年初冬,中国女排的运动员们坐上轿车,在通往首都国际机场的林荫道上飞驰着。这将是一次不寻常的出征,他们踏上了征战世界杯的旅程。

这天一早,女排运动员们从北京的集训驻地出来。这幢供全国优秀体育健儿进行短期集训时居住的运动员大楼里,经常有人出国去参加比赛,大家并不在意。可是,这次女排出征,情景却和以往有所不同。

篮球队、乒乓球队、羽毛球队、跳水队、游泳队、举重队、体操队、围棋国手,全都前来相送。国家体委机关的同志们也来了,医务室的大夫、食堂里的炊事员也来了。

在集训运动员大楼门前,宽敞的台阶上,站满了送行的人。

"一路顺风!"

"祝你们胜利!"祝愿声声,把她们送上车。

这是一次不寻常的出征。两个月来,在她们到南京备战期间,大家就深切地意识到了。

早在备战期间,全国人民就已经开始关心女排们的世界杯之行了。

那时,一只邮包从祖国的西南边陲寄来。还没打开,姑娘们就闻到从中透出的一股中药特有的芬芳。

这是云南山区一位淳朴的农民寄来的,他的家乡是"白药之乡",他按祖传药方配制的中草药,治伤有奇效。这位农民在信中说:

请带上吧,或许有用得着它的地方。

还有一位姑娘找到女排驻地,她胸前佩戴着"南京大学"的校徽,望着郎平,明亮的眸子里满含着敬意。

她小心翼翼地打开纸包,把一块红纱手帕托在郎平的面前。她说:"这是我奶奶送给您的。奶奶说,红色象征着吉祥。愿你们这次打个胜仗。"

那是一方美丽的红手帕,镶着花边,一朵洁白的小花,开在它的一角,格外雅致。

"是你绣的吗?"郎平微笑着问这位和自己年龄差不多的大学生。

姑娘说:"不是,是我奶奶。"

郎平肃然起敬,她收下了这方手帕,收下了一位陌生老人的祝愿。

而现在,这方红手帕就在郎平身旁的箱子里,它也要随着女排姑娘们漂洋过海,伴着郎平一起出征。

张蓉芳望着这条笔直的机场路在飞快地向后退去,忽然想起了什么,转脸向着袁伟民问道:"指导,4年前我们去日本参加上届世界杯赛,好像也是今天这个日子。"

　　袁伟民不假思索地答道："不是。但只相差 4 天。"

　　4 年了，这支队伍里的老队员，像张蓉芳她们从技术到思想更成熟了。她们没有忘记上次出发的这个日子，没有忘记上届世界杯赛的耻辱。

　　4 年来，这支队伍不断补充新鲜血液，像郎平已能身负重任，梁艳、朱玲也正在崛起，新人带来了新的希望。

　　袁伟民环顾了一下坐在周围的女孩子，她们按照各自喜爱的颜色，定做了崭新的西装，穿起来非常合身。头发也都烫过了，陈亚琼、张洁云、周鹿敏等姑娘还把小辫儿理成了短发，显得格外精神、大方，打起球来也更利落些。

　　"当今世界女排已进入'三洲鼎立，五强争雄'的时代。"这是国际排球行家公认的事实。

　　如果说前两年世界诸强中，还有些队正处于新老交替、青黄不接的时期，那么参加本届世界杯赛的中国、日本、美国、苏联、古巴，都正处于成熟期，各队都有几名参加过数次世界大赛的"主心骨"，可以说实力基本相当。

　　在 1980 年莫斯科奥运会的排球角逐中，由于中、日、美不参加，而没有达到高水平。因此，这次世界杯大赛，有可能成为当时世界女排史上争夺最激烈的一次。

　　在这场激烈的争夺开始之前，大家可以从报纸上看出紧张的气氛。如美国报纸上刊登了美国女排教练塞林格的宣告：

　　古巴女排已经不是我们的对手，苏联女排太弱了。

　　我们不怕中国，她们和我们有一个很大的差距，就是国际比赛临场经验的差距。

日本报纸上也刊载了日本女排著名教练山田重雄的预测：

　　中国队在和欧美强队比赛中，很难保证不输一场。日本女排在最后一天迎战中国队之前，可以保持不败地位。

　　所以，即便最后一天输给中国队，计算小局分，也有希望夺魁。

古巴也在报纸上刊登了消息：

　　古巴女排老将佩雷斯、鲍玛雷斯归队，实力比世界大学生运动会时又有增强。

韩国也刊登了对女排获得胜利后的奖励：

　　韩国队讲好了条件，胜了中国队，奖三百

万，保证终身职业。

此时，沿着跑道滑行得越来越快的大型客机，昂起了头，在首都国际机场冲腾而起。姑娘们飞上了蓝天，飞过了祖国广袤的大地，向太平洋的上空飞去。

郎平回眸望着祖国，随后她打开那本烫着"北京"两个金字的蓝塑料封面日记本，写下了这样一段话：

这次大赛将要遇到什么样的困难，而结果又会怎样呢？真的会实现那梦寐以求的理想吗？

做好准备决战美国女排

1981年11月的一天晚上,无数华灯汇成日本大阪府迷人的灯海。其中,有一盏灯在南海饭店的14层楼上闪烁着。灯下坐着一位端庄的中国姑娘,柔和的灯光照在她面前翻开的日记本上。

日记本上面写着:

形势很清楚,日本输给了美国,我们的决赛提前了。双方都知道其中的利害关系,一定会全力以赴。这是一场冠亚军的争夺战,也是一场思想上、作风上的较量战。

两强相遇勇者胜,谁的包袱重谁就被动,不管对方怎么想,先做好自己的思想工作,丢掉胜负的包袱……

字写得很有骨架,一看就知道她是练过毛笔字的。在灯下写日记的姑娘就是女排选手郎平。

此时,郎平望着灯光,她想起了自己尊为"老师"的白杨。出发前,白杨曾从上海寄信来为郎平送行。

信中写道:

希望你保持健实，用最佳身体状态迎接大赛。我和电影界的同事们期望着你们一举成功！

可是，千万不要把祖国人民的期望当成精神"压力"，要辨证地把它化为"动力"，这样就会无坚不摧，无往不胜！

放心吧，无论在什么情况下，反正我们见面时，一定请你吃饺子，而决不如你所说的，胜了吃饺子，败了吃面条……

"别写了，快睡吧，明天还要打美国队哩！"好心的陈招娣在催促了，她担心郎平会休息不好。

陈招娣打断了郎平的沉思，郎平说："好好好，不写了，不写了，明天还要打美国。"

郎平刚刚合上日记本，电话铃声响了，是袁指导打来的，电话里说："睡觉了，早点休息，明天好好打比赛。"

这几天，每到晚上22时，准会接到袁指导的电话，讲的也都是这几句话，可郎平她们听到后，觉得特别亲切。

中国女排的全班人马住在一间只有十来平方米的房间里，惯于精打细算的日本人，对于空间的利用是很讲究的。

第二天，中国队开了一次准备会。

在会上，袁伟民说："今天没有什么讲的，反正你们自发的准备会已经开过了。"他的一句话,把满屋子的人都说笑了。

这是因为,在前天,美国战胜日本的电视转播刚结束,姑娘们就在电视机前嚷嚷开了,从房间一直议论到走廊里。

一位姑娘说:"招娣,你就守在这条线上,等着把克罗克特攻过来的球垫起来。"

另一位姑娘说:"朱玲,去年南京邀请赛上你拦海曼让她吃了9个闭门羹,她们的炮手看到你最头痛了,你要一级'战备',随时准备上。"

"哎,注意点影响好不好,人家别的队正在休息呢。"直到袁伟民讲话了,姑娘们才吐吐舌头不说了。

不过,袁伟民心里还是满意的,全队充满着强烈的求战气氛,这是绝对有利于比赛的。

此时,大赛在即,袁伟民摊牌说:

现在是真正的准备会,美国队与我们一样,连过5关,一路顺风。力克日本之后,士气正旺,准备与我们进行殊死一搏。这场球,我们3比0、3比1或是3比2胜下来,明天即使以同样的比局输给日本队,冠军也是我们的了。

姑娘们明白,决定"命运"的时刻到了。但是心情并不紧张,一个接一个发言,气氛异常热烈。

然而，正在给郎平按摩治疗的田大夫着急了，又是算局数，又是算小分，把他算得紧张起来。他想：这场球输了可不得了啊！世界冠军就砸啦，这些丫头们几年吃的苦算白吃啦！

田大夫心里不踏实，准备会一结束，他就来到郎平、陈招娣的房间，要是她们紧张就和她们聊聊，帮助她们在思想方面放松放松。

于是，田大夫就同姑娘们拉起了家常。

"田大夫是来刺探军情吧。"郎平还没等田大夫开口，就猜透用意了。

"看来你们不需要听笑话了。"

郎平说："你那些笑话留着下次用。快去休息，快去休息，你一个人忙着给12个人治伤治病，已经够你累的啦！"

这时，陈招娣举起那只开足发条的电子玩具，冲着田大夫做出各种滑稽可笑的动作，把田大夫逗乐了。

田大夫看到姑娘们这样轻松自如，便放心地走了。

电子玩具，是一位日本朋友送的，每个队员都有。玩了一会儿，她们各自整理起上球场的东西。

郎平又一次拿出了那位南京老奶奶绣的红手帕。从开始比赛那天起，她就从皮箱里拿出来，放在随身携带的包里。

如今，要打硬仗了，她又从包里拿出来，放在贴身的球裤口袋里。它象征着吉祥，象征着祖国人民的期望。

郎平想，这两仗打下来，等到她们抱回金杯，她就要把这块有意义的红手帕，作为这次历史性战役的纪念品，转赠给她所尊敬的袁伟民指导。

此时，袁伟民比女排姑娘们更紧张。他打开临场指挥用的笔记本，写下了这样一行字：

1981年11月15日12时于日本大阪，中国对美国。

他记得，这是他带领这茬中国女排姑娘打的第一百四十四场国际比赛。从当运动员开始，他就养成了一个习惯，每场国际比赛都有详细的记录。

前一天晚上，他向每个房间打了一遍电话，催促队员早睡，可他自己几乎彻夜未眠。从开始比赛以来，已经8天了，他天天只睡两三个小时。尽管田大夫就在他隔壁房间里，他也不去要一片安眠药，他需要时间来思考问题。

他深知，在已经具备了相当实力的情况下，有时一些次要的因素忽略了，也往往会造成失败。

对付美国女排，网上争夺一定很激烈，要让曹慧英先上，把陈招娣留下做替补。

袁伟民想，陈招娣前几场水平发挥得不错啊，这场球突然让她由主力变成替补，会不会有什么想法？

于是，他拨了个电话，把陈招娣找来。

陈招娣眉毛眼睛都在笑,好像在说:"你要交给我什么任务啊,指导?"

"这一场要叫你当替补,有思想准备吗?"

女排这些姑娘们,上球场就像上战场,何况是夺世界冠军的战斗,谁不想上?

但是,陈招娣绝对信赖自己的指导,她说:"指导,这么大的比赛,该怎么用人就怎么用。我不会有什么想法的。"短短的几句话,让袁伟民放下了心。

就在袁伟民找陈招娣谈话的同时,张一沛、邓若曾也分别找队员们谈了心。

至此,万事已妥,只等开战了。

中国女排与美国队交锋

1981年11月15日12时,中国女排和美国女排争夺世界杯的比赛开始了。

一开局,双方就拼得很厉害,网上你攻我拦,经常有四五名队员同时跃起。

日本的观众在看客队角逐时,谁打得好就为谁鼓掌,他们喜欢谁就为谁加油。打到激烈时,呼喊的声浪淹没了一切。

一边的观众高喊着,为中国的"铁榔头"加油;另一边的观众叫着海曼的名字,为海曼助威。

美国队一年来进步很快。塞林格聘请日本古田敏明夫妇帮助训练,已把中国、日本队一套亚洲型快速多变的战术学过去了。

美国队海曼和克罗克特打对角,劈杀凶狠,频频得分,以8比4领先。

中国队沉着应战,时高时快,能攻善防,一气追了11分,以15比8领先。

战斗比预先估计的更艰苦。经过110分钟的拼搏,双方激战4局,平分秋色。

第二局是15比13,第四局是16比14,这两局美国队都是以两分之差,勉强获得胜利的。

在双方比分咬得很紧的关键时刻，几次出现裁判错判、误判的情况。这对运动员来说是最忌讳的。不老练的选手，在紧要关头被吹两下，就会火冒三丈，影响节奏，自取失败。

过去，陈招娣最受不了这个"冤枉"，明明是界外，你要是吹成界内，她会马上跑过去，指着边线外边的球印子示意："球落在这儿，不是界内。"

可是，在此时的第四局，打到13比13，球在网上飞来飞去，谁也轻易打不死谁。眼看我们再拿两分就赢了，突然副裁判一声长笛，示意中国7号触网。

陈招娣心想："真是天知道！"但是，她马上举起手来，表示默认了，甚至还向裁判微微一笑，表现得很有礼貌，很有风度。

"过不了裁判关，就拿不了世界冠军。"袁伟民平时总是这样强调。在这次赛前准备会上，他又一次告诫大家：

不管场上出现什么情况，坚决服从裁判，准备每局球为误判、错判送掉5分……

由于事先早有心理准备，她们顺利地过了"裁判关"，场上士气依然，情绪不变。

休息5分钟时，教练和队员们都清楚地意识到，成败就看最后一局了。

袁伟民简短有力的话语，震动着场上队员的心弦：

大家冷静一下，打成2比2，我们认了。前4局不去想它。决胜局我相信你们，希望你们也绝对相信自己，只要放开打，不背包袱，胜利一定属于我们！

此时，场上的阵容基本上还是上届世界杯的阵容，就是郎平换下了杨希。

曹慧英双手叉腰，环顾了一下围在教练身边的场上阵容，咬咬牙，从嘴里蹦出一个字来："拼！"

平时打比赛很少握拳头的孙晋芳，这时把拳头握得紧紧的，在同伴们面前挥舞着："拼啦，不拼没机会啦，说什么也要尝尝这世界冠军的滋味啊！"

在美国姑娘高墙般的封拦下，郎平的强攻几次被阻。前4局，她有点紧张，虽然心里不断提醒自己："应该放开打，不要把胜负考虑得太重。"

但是，随着场上比分的起伏，郎平情不自禁地想："又追上来了，这一局可不能输啊……"一想这个，精力就很难高度集中起来。

到了第五局，她这些都不想了："反正已经到了这一步了，把我的劲都拿出来，就是输了，全国人民也不会责怪我们的，回来再练嘛。"

这样，她也不考虑比分了，在跑动中变换攻击位置，借周晓兰的快攻掩护，一次次成功地突破了对方的拦网。相反，美国有点急于求成，打得保守了。

这时，中国队以8比3领先5分的优势，与对方交换场地。

与此同时，正在直播的电视上，主持人宋世雄接过担任电视转播顾问的四川队教练梁昌鹏递过来的技术统计资料，向观众报告说：

前8分，中国队扣球得了4分，都是郎平强攻获得的。

决心与郎平试比高低的海曼也毫不示弱。为了避开"天安门城墙"周晓兰，对方的二传手格林不时传出"背溜"，让海曼跑动到2号位，从中国队个子最矮的张蓉芳的手上打下去。

张蓉芳哪里肯吃这个亏，就在海曼刚刚跳起的瞬间，她也拼命跳起来，恨不得手臂像半导体的天线拉长一截，伸过去盖帽拦网。

只听见"咚"的一声，球像猛烈地撞到了挡板上一样，反弹下地，落在海曼脚卜。

张蓉芳单枪匹马拦赢了海曼一只球！球刚落地，她却又高兴地蹦起来。要知道，海曼比她高整整22厘米，两人面对面讲话她都要仰着头。这可是她最得意的一个球啊！

最终，中国队以 15 比 6 战胜了美国队，干净利落地拿下了这决定乾坤的第五局，通向世界冠军的大门终于打开了。

当中国队赢得最后一分时，裁判哨声一响，场上场下，主力替补，高兴得抱成一团，哭了起来。

袁伟民也激动异常，整整 23 个春秋，等待的就是夺取冠军的这一天。战胜美国是具有决定性意义的一仗。即使第二天对日本 2 比 3 输了，中国队也是世界冠军。

但是，想到战斗尚未结束，想到还没有全胜，袁伟民坐在长条板凳上不动声色。

此时，袁伟民不慌不忙地拧上了笔帽，合上临场记录用的笔记本，走到美国教练塞林格面前，彬彬有礼地握了握手，便离开场地，朝休息室走去。

休息室里挤满了人。胜利的喜悦，化作激动的泪水涌出眼眶。队员们哭了。随团人员、中国记者们也都哭了。几乎个个都在流泪，任何身临其境的人，都很难控制住自己的感情。

唯有袁伟民，还是那样严肃，严厉地叫队员们安静下来，他说："现在哭什么？不能高兴得太早了。比赛还没有结束，打赢了美国，还有日本呢！世界冠军还没有拿到手，明天的战斗会更艰苦……"他的声音不高，却透着一股慑服人的力量。

孙晋芳、张蓉芳、曹慧英、陈招娣等几个老队员完全理解此时教练的心情。

她们一边擦着眼泪，一边劝着别人："不哭，不哭，我们不哭，明天还要打日本队……"

袁伟民反而心软了，他拍拍队员的肩膀说："我理解你们的心情，不是不让你们哭，我是说，明天还要打日本队，我们要的是全胜。"

姑娘们完全明白袁伟民的意思，都用力地连连点头。

战胜日本队夺得世界杯冠军

1981年11月16日,中国女排和日本女排争夺世界杯的比赛,在日本大阪拉开了战幕。

此时,翻译大魏赶来通风报信,他说:"日本女排正握紧着拳头在宣誓。上次输给美国,最经得起摔打的广濑美代子竟放声痛哭,3分钟都还未能收声。日本女排本来就以意志顽强著称,现在宣了誓,那就更是要与中国姑娘决一死战了。"

4年前,日本女排就夺取了世界杯冠军,更何况现在又是在日本队自己的国家进行比赛。因此,这场球不好打。得失之间,在此一战。可以说,拿世界冠军的希望就在开头两局。

最后的决战就要开始了。

中国队上场的是郎平、周晓兰、孙晋芳、陈招娣、陈亚琼、张蓉芳。

日本队派出的战将是三屋裕子、横山树理、水原理枝子、小川加内子、江上由美、广濑美代子。

这两支劲旅,各穿一家运动服公司提供的尼龙球衣。日本队穿的是红色,跑动起来像一团火。中国队穿的是白色的,像雪一样洁白,3条红黄相间的线条,装饰在衣袖两侧。

两个队都刚刚打过一场比赛。但是，中国女排是苦斗，和实力雄厚的美国队打满了 5 局，才取得胜利；而日本队却是轻取，以压倒性优势赢了巴西队。

外界的舆论已经在为中国队担心了："中国队的体力会成为取胜的障碍。"

这些评论是有道理的。经历了两个半小时恶战赢下美国队之后，陈招娣大脑皮层上的一盏红灯亮了，她的腰部老伤又犯了，她感到腰肌发僵。而郎平的脸看上去也明显地瘦了一圈。

老将曹慧英更是感到疲惫不堪，精神上，体力上都已超过自己的负荷。在出发前，在南京 43 天的紧张集训之后，一检查身体，小曹的血色素下降了 2.7 克。这次比赛，前 6 场她上去拼了 4 场，体力消耗很大，老伤有反应，新伤又袭来。每打一场比赛，田大夫都要用几卷弹性绷带，把她的小腿从上到下裹满。她的右小腿肌肉拉伤了，不这么裹起来，一跳就会痛。

然而，曹慧英事先就想好了："这是最后一场拼搏了。由于年龄和身体的原因，我不能像郎平她们那样挑重担了。但是，在关键时刻，要发挥作用。虽然我可能只是在主力队员累了的时候，上场顶几分钟，这几分钟，我一定要打好。"

比赛一开始，第一局的第一个球，日本队就发出界外，看来她们有点紧张。而中国女排反倒得心应手，以 15 比 8 旗开得胜。

第二局打到 11 比 2 时，郎平轮到后排，由曹慧英换上发球。凭着曹慧英的沉着冷静，又夺一分。这一局，我们又以 15 比 7 轻取。

从场上下来时，曹慧英感觉四肢沉重，力不从心，端着杯子喝水，手直发抖，水洒了出来。

周鹿敏在旁边紧张地问："你怎么啦，怎么啦？"

而陈招娣在第一局就意外地扭伤了腰。她没有发声，咬紧牙顶着打了两局。

前两局，中国队打得又干脆又漂亮，士气高，节奏好，技术和战术充分发挥出来了，拦网、强攻、快攻、防守，都打得极为严密。袁伟民对此非常满意。

小岛托着下巴坐在另一边的板凳上，一看就知道没情绪了。他的队员们的眼神也黯淡了……

赢了前两局，意味着我们已经登上了世界冠军的宝座。中国队的姑娘们由于高度的兴奋，不知道怎么支配自己的行动了，思想一下子集中不起来，球忽然打得毫无章法。

而日本女排一直认为，拿冠军的最大障碍是中国队，刚开始与中国队交手心里是虚的。现在，对她们来说已经不存在夺冠军的问题了，反而甩掉了包袱，放开来打精神球了。

这时，近 6000 名激动的日本观众大声呐喊："日本！日本！"为越打越威风的本国选手助威。极大的声浪，从看台上隆隆地滚过顶棚，又跌落在地板上，冲击着人们的耳鼓，吞没了其余的一切声音。

此时，日本队豁出去了，大有拿亚军也要把你冠军赢下来的架势。

第三局比赛，中国队以12比15输给了日本队。

第四局比赛，中国又以7比15输掉了。最终，中国队被气势高昂的日本队连扳两局。

袁伟民看到这里，没有大声嚷嚷，也没有挥舞拳头，外表还是像前几天一样稳重。

但是，姑娘们从来没有看到他这样过，只见他浓眉拧成疙瘩，眼里布满血丝，泪水盈满眼眶，嘴唇颤抖着，讲话的时候也表现得非常沉重。

是啊，中国队这场球不能输啊！

打日本队，袁伟民担心的不是胜不了，而是赢两局以后，场上会不会出现另一种局面。

头脑发热的姑娘们，好像被迎面浇了一盆凉水，她们这才清醒地意识到问题的严重性。

第五局比赛，伤势较重的老将曹慧英上场了。

刚才，曹慧英被换下来，她知道教练随时还可能把她换上去，就趴在地上吃力地做着准备活动。她喘着气对周鹿敏说："我这部破机器不行了。"这时，她看到场上出现2比2的比局，听了袁指导激昂的言辞，急得手心直渗冷汗。

于是，她主动请战。她上场了，还是像过去那样带着八面威风，赢得了为中国女排加油鼓气的100多名华侨和留日大学生的齐声叫好。

第五局打到 15 比 14，日本队领先的时候，看台上一位老年华侨退出了看台，他说他的心脏承担不了如此强烈的刺激。

正当中国队危在旦夕的时候，场上陈亚琼和孙晋芳抢一个二传，慌乱中陈亚琼传出个"倒三角"，郎平只能在 3 米线处起跳扣网球，球打飞了。

发球权被人家夺过去。陈亚琼平时打坏个球，不等别人讲，自己先责备起来。这次她一点也没分心，在后排严阵以待。

只见日本队一个重扣，危在旦夕。陈亚琼从 6 号位扑出去，舒臂一垫，化险为夷。

孙晋芳把这个球调整给郎平，郎平狠狠打了下去，结果打了个落地开花！

中国队夺回发球权。又一次进攻组织起来了，还是孙晋芳给郎平，郎平再一记重扣，扳成了 15 平。

最终，由周晓兰和孙晋芳两次拦网截死对手，再夺两分，以 17 比 15 宣告第三届世界杯最后一场比赛结束。

中国女排终于以七战七捷的全胜战绩，拼下了世界杯的冠军！

裁判哨声刚落，中国姑娘们就抱作一团，脸上挂着晶莹的汗珠，眼里噙着喜悦的泪花。周鹿敏冲上场去，紧紧地抱着汗流浃背的曹慧英呜呜地哭着，一遍又一遍重复地说着："你真好，你真好，你说你不行了，你还打得这么好！"

　　姑娘们挂着泪水笑了。她们终于经受起最后的考验，达到了预期的目的，成了真正的世界冠军。

　　袁伟民望着这些可爱的丫头们，把喜悦放在心里，外表依然那么冷静，风趣地说："瞧你们乐的，要是第五局输了，看你们还笑得出来不。"

　　享受着胜利喜悦的姑娘们，直搡袁伟民的背："你昨天不让我们哭，今天又不让我们笑，你要我们怎么才好啊？"

　　11月16日，国务院打电报给中国女子排球队，祝贺她们在第三届世界杯女子排球赛中荣获冠军。

　　全文如下：

中国女子排球队：

　　在第三届世界杯女子排球赛中，你们刻苦锻炼，顽强战斗，获得了冠军，为祖国争了光，为人民立了功。国务院向你们表示热烈的祝贺！

　　你们的胜利，鼓舞了全国人民奋发图强、振兴中华的爱国主义热忱。我们希望全国人民都来学习你们团结战斗、艰苦创业的精神，为把我国建设成为具有高度物质文明和精神文明的伟大社会主义国家而努力奋斗！

中华人民共和国国务院

1981年11月16日

就在同一天,《人民日报》也发表评论员文章,题目为《学习女排、振兴中华》,评论说:

我们赢了!

中国女排夺取了世界杯!在庄严的中华人民共和国国歌声中,五星红旗高高升起。这是光荣的时刻,这是欢乐的时刻。无线电旁,多少听众高兴得跳了起来;荧光屏前,多少观众激动得流下了眼泪。

中国女排的姑娘们,你们辛苦了!你们没有辜负祖国人民的期望。我们向你们祝贺,向你们致敬!

中国女排捧得七只奖杯

1981年11月,在日本大阪举行世界杯颁奖仪式。

中国女排12名姑娘听着中国国歌,望着荣获前三名的中、日、苏三国国旗冉冉升起,五星红旗挂得最高,她们心中充满了自豪。

这面国旗,不仅升起在每一个中国人的心中,在外国人的心目中也引起了强烈的反响。

团体授奖就要完毕,马上开始发个人奖了。

此时,随队的翻译王英兰得知一个喜讯,一位身着西服的大会工作人员匆匆走来告诉她:"袁伟民先生被评为最佳教练员,请他准备领奖。"

这一奖项是在最后一场比赛结束后,由国际排联有关人员投票评选出来的。

这时的袁伟民依然习惯地把双手抱在胸前,肩膀松弛着,身体微微斜靠在墙上。

他凝视着苦心训练的中国女排站在世界冠军的领奖台上,心潮澎湃。然而,他的外表却异常平静,让人看不透他的内心。

作为给中国带来第一个"大球"世界冠军的袁伟民,获得这个荣誉称号是当之无愧的。他整了整敞开着的拉链运动衫,跟在翻译后面,向通往领奖台的入口处走去。

过道里坐着各队的教练员，不等宣布，他们早已猜到，这届世界杯的最佳教练员奖，无疑是属于中国队的。

他们见到袁伟民，都不约而同地站起来，和袁伟民握手，表示祝贺。各国教练员很钦佩他能带出中国女排这样一支世界第一流水平的球队来。

虽然刚刚结束的中、日之战争夺太激烈，但小岛孝治看到老朋友走过来，他还是立即迎上去，紧握袁伟民的手。

各国裁判员们也对这位中国教练投来了赞许的目光，他们非常欣赏他的沉稳气质和大将风度。

因为这次八强之争的激烈程度是空前的，各队教练员临场指挥时都表现出了激动的情绪。几乎每一位教练都因在比赛过程中对场上队员讲话而被裁判亮过黄牌，唯有中国的教练袁伟民是个例外。

随后，体育馆里回荡着《勇敢者回来了》的雄壮旋律，这支世界名曲，是德国著名作曲家军德尔的呕心沥血之作，是一首献给胜利者的颂歌。

据说当年这支曲子演奏时，连英国国王乔治二世都要带领听众起立恭听。现在，隆重的颁奖仪式在日本朋友精心安排的世界一流的赞歌中进行着……

扩音器里又在报最佳运动员的名字了。站在团体领奖台上的孙晋芳听着好像是自己的名字。扩音器里又用英语报了一遍。自学英语已有两年的孙晋芳这次听清楚了，最佳运动员果真报的是"孙晋芳"。

她愣了，仍不相信自己的耳朵。她问旁边的队友："是不是？"

紧挨着她的郎平、周晓兰都推着她说："是你，是你。"

孙晋芳指着自己的鼻子，看看准备发奖的前田丰先生和松平康隆先生，他俩笑着点点头。

孙晋芳这才把手中抱着的团体金杯交给周晓兰，接过又一个大奖杯，然后站到了最佳教练员袁伟民的旁边。

孙晋芳带头拼搏，名副其实地起到了场上中坚的作用。中美、中日两场激战，关键赛局，关键时刻，孙晋芳头脑冷静，与攻手配合默契，组织战术没出一点差错。

对此，外电评论说：

这是中国队成熟的表现。

比赛结束后，记者问郎平："你打关键球不紧张，不手软，有什么秘诀？"

郎平笑着说："这要感谢我们的队长孙晋芳，是她锻炼了我。"

然而在胜利的背后是艰苦的拼搏。比赛结束后检查身体，孙晋芳这个二传手体力消耗比进攻手还大，名列全队第二，仅次于老大姐曹慧英。

随后，优秀运动员的奖杯捧到了郎平的面前。她俯下身子，从国际排联主席利博先生的手中接过奖杯，稳稳地举过头顶，转身一周，向全场观众致意，看上去是那么风度翩翩……

赛前，人们有过这样的议论：

> 世界杯大赛，中国队能否捧杯，从某种程度上来说，要看郎平的发挥了。

但她毕竟是个新队员，缺乏世界型大赛的考验。

这次，郎平确实发挥得不错。她甚至像一位沙场老将一样，常常见到她张开两手，示意队友们镇静，不要慌，表现出了优雅的风度。

这一年的艰苦训练，郎平是接受大夫治疗最多的一个，腰不舒服治腰，肩不得劲儿治肩，两腿的髌骨都有骨刺，稍不治疗就顶得疼。她还有小腿胫骨疼的毛病，好在这一年大夫治得很到家，一直没犯过。

此外，唯一使国际排联领导人感到遗憾的是，不少表现优异的好手未能选入优秀运动员。前田丰先生走到中国领队张一沛面前，对中国队捧走7只奖杯表示祝贺。

接着，国际排联领导人惋惜地说："你们的周晓兰、张蓉芳表现很好，也应该是优秀运动员，因为名额有限，要照顾到各个队，所以才没有评上。"

热烈欢迎中国女排凯旋

1981年11月18日，在首都机场，欢迎中国女排凯旋的锣鼓响起来了。

此前中国民航飞行总队队长尹涂庭驾驶银燕飞落在富士山麓，来接女排姑娘们时，符浩大使欣然命笔，为女排姑娘们写下一首五律：

> 扶桑秋光好，水碧叶更丹。
> 岭风知劲草，头白说不完。
> 天人语音传，乐与神州连。
> 中华好儿女，壮志冲云天。
> 勤学兼苦练，功到力自全。
> 冰雪封不住，登攀万仞山。
> 明日班师去，国门锣鼓喧。

现在，女排姑娘们捧着7只金光闪闪的奖杯回来了，首都机场出现了空前热烈的欢迎场面。

中央的领导同志，体委的领导同志，各方面的同志们都来到首都机场欢迎女排的凯旋。

新中国第一代女排国手刘匡生、马纫华、张晓霞等，以及五六十年代驰骋我国排坛的王子淑、林宏珠、韩翠清、袁德风、徐爱敏、蔡希秦、郭淑云等老运动员，也都穿上自己最称心的服装，怀着激动的心情，向中国女排的姑娘们献花来了！

女排姑娘们没有想到，竟是自己的"老前辈"来向自己献花。

她们接过鲜花，感激地说："应该感谢你们把当年艰苦奋斗的好作风、好传统传给了我们，为我们铺平了路。"

体育界的同志们、机场工作人员、新闻记者、亲人们、朋友们……凡是女排队伍经过的地方全都站满了人。

热烈的欢迎场面，通过中央电视台的现场转播，传遍千家万户，传遍祖国大地。

《人民日报》刊登社论，发出有力的号召：

学习女排，振兴中华！

《体育报》以大字标题报道：

中国女排获世界冠军，大球取得历史性突破！

一张又一张报纸套红刊登口号：

向为祖国荣誉拼搏的中国女排英雄致敬！

而且，每一家报纸都登了女排 12 位姑娘和领队、教练的肖像。

中央领导也发表讲话、发表文章，号召各行各业都要以实际行动学习女排精神。

多少人想一睹中国女排的风采，多少人想听听她们征战世界球场的故事。一个又一个的欢迎会、座谈会接连不断。

1981 年 11 月 22 日上午，全国政协把中国女排的同志请去了。不少年迈的政协委员，到了冬天都是深居简出的，这天却一个个穿着大衣，围着大围巾，都来了。

他们迈着蹒跚的步履挤到桌子旁，来看那些来之不易的奖杯，赞叹不已。

张一沛、袁伟民代表女排向老人们报告了这次拿世界冠军的情况。

老人们兴高采烈，高谈阔论。周培源等学者说：过去对打球等事，从来是漫不经心。这次也被排球吸引了，每场必看。

有的老人明知自己心脏不好，血压也高，可是手上抓着药，还是看。

他们无法表达自己的激动之情。何长工自告奋勇，以歌声慰问女排。他先唱了"红军不怕远征难"，意犹未尽，接着又唱了"飒爽英姿五尺枪"，喘息未定，又自编自唱了一首颂扬女排精神的歌。

三曲唱罢，老人已经气喘吁吁。然而，他说："让我喘口气，过一分钟再唱。"

他正要落座，警卫员伸手扶住他："何老，您先站着换换气，再坐下。"

中国人民以各自独特的方式，向英雄们表示敬意和希望。多少封信从祖国的四面八方飞来，抒发崇敬女排的感情，表示向女排学习的决心。

还有驰名中外的武昌鱼，从武汉被空运来了，几乎条条都是活蹦乱跳的。

中华人民共和国卫生部的同志送来了吉林人参，每人两支，说是给她们补补身体。

果香四溢的黄香蕉苹果从烟台捎来了；无核蜜橘从郴州邮来了；成串的大香蕉从南国广东运来了……

5000多条红领巾，代表着多少大队、中队、小队和少先队员，向北京飘来了。

一个邮政快件送到了郎平的手上，沉甸甸的。打开一看，是一把铁榔头，真正的铁榔头，打磨得十分光洁，像艺术品一样闪着金属的光。这是广西一位青年工人，利用业余时间精心制作的，说是希望我们的"铁榔头"百炼成钢。

画家苗地，挥洒彩笔，为郎平姑娘绘制了一幅"铁锤盖顶"的漫画像。

著名歌唱家胡松华，拿自己的书法相赠，洁白的宣纸上赫然跳出了四个大字：

振兴之锤。

苏州著名书画家创作的国画《十二花开第一春》被送到北京来了。这幅画是吴门画派研究会会长吴凌木、顾问张辛稼所绘。

女排姑娘们展开这幅装裱精美、全长8尺的画卷，她们欣喜地看到，素白的宣纸上，开着12枝艳丽的春梅。12枝梅花象征着不畏艰险、顽强奋斗的12名女排队员，寄托着书画家振兴中华的愿望。

"胜了吃饺子"，白杨果然遵守自己的承诺，乘车来接郎平吃饺子了。

坐落在前门闹市的人民餐厅的师傅们，听说郎平来了，列队欢迎，饺子做得异常鲜美。

二、赢得世锦赛

● 1982年9月1日，中国女排代表团乘上飞机，踏上前往秘鲁参加第九届世界女子排球锦标赛的征程。

● 1982年9月，来自五大洲的24支强队，分成6个组，在秘鲁几座城市里同时拉开了第九届世界女子排球锦标赛的战幕。

● 国际排联裁判委员会主席对这场球用了一句话进行评论：今天的比赛用不着多加评论，中国队打得好，拿世界冠军是理所当然的！

刻苦备战世锦赛

1982年7月,沈阳酷热异常,女排队员们正在这里进行着一次普通的扣球训练。

一个新队员接连扣了几个漂亮的重球,博得场外观看的人一片喝彩。

但袁伟民往网前一站,说声:"重来!"这位当年中国男排的主二传,把球传出"花"来,一会儿近网,一会儿远网,一会儿低,一会儿高,一会儿又传出个"倒三角",出的尽是难题。

一位新队员一次又一次助跑、跃起、挥臂,汗珠随着她的动作甩到对面拦网的同伴脸上。球,一个又一个被她击得"嘭""嘭"响。

正当她再一次冲向网前的时候,袁伟民指导却忽然收住了球,说道:"停,今天就练到这里。"

这时,刚才还龙腾虎跃的姑娘,一下子便瘫坐在地板上。

沈阳集训的一个重要课题是练整体配合,因为新老队员之间需要默契。默契,产生于高度的熟练之中。她们的对手,是人高马大的美国队,从实战出发,袁伟民请来了男将,作为对练的"假想敌"。

当两名男将陈忠和、秦毅斌上场,袁伟民便关照他们:"要真打。"

此时,女排姑娘们面对的是4女2男的对手,但还是被她们打败了。

袁伟民再调上去一名男将江申生,变成3女3男,拦网和扣球都占了优势。但那边的主力阵容里,郎平的超手扣球,张蓉芳的变线巧打,连男选手的拦网也能通得过了。

袁伟民又增加了难度,打电话搬来了江苏男排的高个子主攻手李连邦。

有一天傍晚,食堂里的大师傅烧好了美味可口的饭菜,可是却久久不见姑娘们的身影。

他们派人去喊,球场上找不见她们,原来都在宿舍里,全队人马集中在一间大房间里,有的俯身在床头柜上,有的抱一床折叠整齐的被子当桌子,有的坐在沙发上,膝头垫一本书,没有人说话,一个个都专注地在写着什么。

这是一场别开生面的考试,问题全都围绕着即将进行的世界锦标赛,涉及思想准备、技战术措施、各强队的基本情况等一系列题目。

考试不准翻笔记,不准交头接耳,因为这些问题必须牢记于心。答这份卷子,姑娘们足足用了3个多小时。

考试成绩令人满意,全部在八九十分以上。为参加未来的大赛,大家从思想和技术上做了充分的准备。

女排出征秘鲁世锦赛

1982年9月1日,中国女排代表团乘上飞机,踏上前往秘鲁参加第九届世界女子排球锦标赛的征程。

飞机载着中国女排的姑娘们飞向蓝天,她们从一碧如洗的晴空里,俯瞰着祖国的大地。

她们用了整整17个小时,飞到了纽约。然后,中国女排在这里停留3天后,转机去秘鲁。

中国女排代表团一住进我国驻纽约总领事馆的招待所,袁伟民马上宣布:

明天上下午都进行训练。

纽约与北京的时差是12小时。头一天晚上,大多数队员只睡了两三个小时,清晨起来,仿佛生活在另外一个世界里。

训练场地租到了,小得可怜,只有一个篮球场大小。在这个小小的场地上,队员们在袁伟民、邓若曾的指挥下快速地向前跑,向后退,滚翻,扑救,不少人在向球冲去的同时,大声呼喊着:"我来!""嗨!"自己鼓自己的劲儿。

尽管这个体育馆又矮又窄,施展不开,但是大家练得都非常卖力,不到半小时,一个个便都汗流浃背了。

其实,早在出国前,姑娘们刚刚结束了在沈阳的夏训,在训练中,就不知吃了多少苦,掉了多少肉。

随后,姑娘们从纽约又飞到秘鲁首都利马。这一天,无声小雨滋润着这座几乎终年无雨的城市。

一位秘鲁朋友一见面就欣喜地说:"细雨迎春,这是吉祥之兆。"

地处南美洲的秘鲁,节气和我国不同,当时正值冬末春初。

在这座干旱的城市里,雨是很珍贵的,他们打趣地说:"雨,是东方的龙带来的。"

利马市民对中国女排热情友好。每次她们从下榻的利维拉饭店前往阿莫乌塔体育馆练球,都有两名英姿飒爽的女警察一路护卫。她们穿一身笔挺的黑色制服,头戴白色的小钢盔,足蹬高筒皮靴,一把小手枪斜挂在武装带上。

中国女排将在这座无雨城市,迎接夺取世界冠军征途上的第二个春天。

中美女排劲旅展开角逐

1982年9月,来自五大洲的24支强队,分成6个组,在秘鲁几座城市里同时拉开了第九届世界女子排球锦标赛的战幕。

世界排球锦标赛,是国际排坛上规模最大、参加队数最多的高水平比赛。

海边小城奇克拉约的上空,飘扬着中国、美国、意大利、波多黎各4个国家的国旗。在"旅游者"旅馆里下榻的,是一批肤色各异、身材修美的排球女将。这里是第六组的赛场。中国和美国两强各自以3比0轻取意大利和波多黎各队。

9月15日晚,中国和美国狭路相逢,两支世界排球劲旅的角逐开始了。

当地的新闻传播媒介、报纸预测,中、美女排之战,将是十分精彩的,报道说:

> 因为双方都拥有世界级的炮手,她们是中国队的郎平、张蓉芳,美国队的海曼和克罗克特。中国队有非常出色的二传手孙晋芳,美国队则有成熟的格林。第一流的进攻手与进攻手,第一流的二传手与二传手,将在奇克拉约一争

高低。

战幕拉开，美国队的表现令人刮目相看。海曼、克罗克特"两门大炮轮番轰炸"，给中国队员心理上造成强大的压力。在美国队刁钻的发球钳制下，一传到位率大为降低，快攻特长没有发挥应有的威力，影响了中国女排的情绪。这种呆板的气氛，连续3局都未能扭转过来。

墙上的电子记分牌无情地显示着3局的比分：6比15，9比15，11比15。最终，美国女排以惊人的战果，直落3局取胜中国队。

获胜后的美国姑娘，为打败中国这样的强劲对手兴奋得不能自已。中国姑娘则为失利而感到震惊。

中国队将背着这个0比3的沉重包袱进入复赛，姑娘们的心像忽然坠入冰窖里。女排姑娘们的眼眶里，都含着痛苦的泪水……

袁伟民的脸色，也出现了少有的严峻。比赛的过程中，他多次试图让队员们摆脱拘谨，放开来打，但是并没有成功。

局势，真的到了不可挽回的地步，袁伟民马上镇静下来，他示意大家围拢过来……

每逢重大的比赛，这位严师说话的声音都会变得温和起来，思想工作非常及时、细腻。

此刻，队员们面临着挫折的考验，袁伟民理解她们的心情。他没有埋怨，没有责备，平心静气地说："大家把头抬起来,有眼泪往肚子里咽,不能哭。我们要赢得起,也要输得起,在哪里跌倒在哪里爬起来。要像前两场打赢球那样,去礼貌地向观众致意,热情地向华侨招手,我们要笑着走出球场!"

姑娘们听从了教练的话,竭力控制住了自己起伏的情感,依然微笑着向观众鞠躬致意,尽管泪水在眼眶里打转,却硬是没让它掉下来。

袁伟民经过中央电视台的转播坐席前时,略带歉意地对体育评论员张之、宋世雄说:"对不起。今天我们没有打好……"

对于这个爆炸性的新闻,连特地赶来观战的日本、古巴、苏联、秘鲁等国的教练,也感到意外。他们说:"美国队发挥了120%的水平,而中国队只发挥了不到80%。"

赛后,塞林格高兴地对记者说:"中国队没有估计到海曼今天打得这么好,我也没有估计到!"

美国队为了这场球,是做了充分准备的。中国女排访美期间的每场比赛,她们都从场地的4个不同的角度作了录像,抱着打败世界冠军的强烈愿望,准备到秘鲁向中国队挑战。

在晚上交锋之前,中国女排姑娘们就发现毗邻而居的美国姑娘在她们住的房间外面挂上了标语,上面写着:

美国队通往冠军的胜利之路。

而此时，输了球的中国姑娘聚集在教练的房间里，严峻的形势在每个人的心里敲起警钟。处在世界冠军的位置上，能没有包袱吗？孙晋芳说："我们一心想打好这场球，但思想太紧张，反而打不好。"队员们普遍存在着想赢怕输的心理。

女排队员认真总结自己的失误，归纳起来主要是三方面：

一、对美国队的水平估计不足，对可能出现的困难准备不够；

二、没有放下世界冠军的包袱，不是立足于拼别人，而是让别人来拼我们，处于被动状态；

三、丢了自己快速多变的技术特长，拦、防基本失灵。

教练袁伟民不希望自己的队员过分乐观，也不希望摔了一跤就过分悲观。他说："这场球输掉，我们认了。但绝不能把自己的信心打下去，不要因为输了一场球就见人矮三分。中国队还是中国队，美国队还是美国队，古巴队还是古巴队，苏联队还是苏联队。我们还有希望，要振奋精神，从头开始，一分一分地争，一局一局地拿，豁出去，拼出来！"

邓若曾接着说："下面的比赛，我们不靠天，不靠地，不靠别人给机会，要凭自己的力量打出去！"

6个小组的预赛结束了。第六组，美国队第一，中国队第二。

中国队败给美国队，无疑是把自己置身于薄冰之上，复赛的形势比较严峻。

中国队最理想的前途是不失一局地战胜苏联、古巴及所有其他的对手，这样才能保证进入半决赛。否则就要靠碰运气，由别人战绩的优劣，以至算到每一局的小分，来决定是侥幸出线，还是名落孙山。

这一"落"，可就要落到第五名以后了，今后每一场球都是背水之战。

女排以实力进入决赛

1982年9月18日,在"春之城"特鲁希略的"古兰希姆"体育馆里,获得特鲁希略赛区第一名的古巴队,将与奇克拉约赛区第二名的中国队,在这里进行交锋。

中国女排将在这里逗留6天,复赛阶段的这6天6夜,将决定中国女排参加这次世界大赛的命运。

中国女排一出现在"古兰希姆"体育馆里,马上就被一群天真烂漫的儿童包围了,他们举着自己的作业本,或是脱下了衣服,要求运动员签名留念。姑娘们把随身带的小纪念品赠送给他们,引起了一阵阵欢呼。

中、古之战,对于双方都很关键。中国队要靠这一仗扭转被动的局势,古巴队连战皆捷士气正旺。

第一局,中国队一改迎战美国队的拘谨劲儿。4号位,是郎平、张蓉芳的"重炮"轰鸣;2号位、3号位,是陈亚琼、梁艳、郑美珠3挺"机关枪"轮番扫射;孙晋芳穿针引线,组织起变化多端的快攻战术,时间差、短平快,配合默契,频频奏效。

古巴队的"黑色橡胶"表现出过人的弹跳和出色的力量,32岁的老将佩雷斯宝刀不老,后起之秀冈萨列茨身手不凡。

发球权,轮换8次,双方均无建树。"0比0"在电子记分牌上相持了6分多钟，直到孙晋芳和张蓉芳巧妙配合，一传一扣，打了一个漂亮的平拉开直线球，才首开纪录。

对于中国姑娘来说，只有拼才有出路。这场球"拼"不出来，以后"拼"出花来恐怕也无济于事了。

中国队靠张蓉芳那个落地开花球夺得一分之后，古巴队连扳4分，反以4比1领先。

球再一次被她们的二传手冈萨雷斯传起来了，近网，适中，佩雷斯跃起来，做出凶猛的劈杀姿势，就在这一瞬间，她看清楚了，梁艳的一对有力的手，同样凶猛地向这只球包抄过来，她改重扣为轻吊，球儿沿着一条斜线，从梁艳左手边飞向3米线的附近，眼看就要落地。

在此千钧一发之际，郎平倒地救球，好在她的手长，指尖把球托起，斜着蹿向网前。

梁艳刚刚拦网落下，站脚未稳，球又朝她飞来，而且距离这么近，她几乎是出于条件反射地舒臂一垫，球朝着后场的左角飞去。

只见守在6号位的陈亚琼一个箭步冲上去，伸出接近球的左臂猛地一击，又把球打到对方场上，她们虽也有人拼力扑救，但是，晚了！

这是一场关键球。我方就是这样一个球一个球地挤，一分一分地抠，终于连克3局，以3比0赢了古巴队！

在中国女排的面前重新露出了希望的曙光。但是，还没有等到她们喘过一口气来，意外的情况发生了。

19 日晚，中国姑娘们以悬殊的比分轻取匈牙利队，又打了一个 3 比 0。但想不到苏联女排以 0 比 3 大败于古巴队。

姑娘们回到旅馆，吃过夜宵，洗完衣服，已是 24 时了。孙晋芳、郎平照例来到田大夫房间里治疗，袁伟民也来了，大家便议论开了。

"就担心古巴打苏联来个 3 比 0，人家就真打出了个 3 比 0，哪怕苏联队胜一局，我们的日子也会好过一些。"

"她们这场球的比局，把我们 21 日与苏联队的比赛也逼到非打 3 比 0 不可的地步，如果丢一局，最后一场美国输给古巴 0 比 3，那么我们就要和古巴算小分才能决定谁上；如果丢失两局，就有可能被挤出半决赛 4 强之外。"

形势严峻，他们正议论得热烈，张蓉芳匆匆走进来了。意外的"险情"使她们坐不住了，3 人拿出笔算起小分来。随队出访的排球协会秘书长钱家祥和观摩教练祝嘉铭推门进来了，他们给袁伟民送来了刚刚算好的中、古两队总得分情况表。

"反正大家也睡不着，干脆开个会把情况摆一摆吧！"袁伟民叫小孙把姑娘们都招呼到他房间去。

1 时 30 分，紧急会议开始了。

袁伟民说："情况很清楚，我们必须做好最充分的准备，如果中苏之战我们 3 比 1 胜，那么胜的 3 局必须把对方的比分压在 9 分以下，而输的那局我们得分必须在 8

分以上，这样才能保证我们上，古巴下。如果我们能3比0胜，那么人家想整也整不倒我们啦！"

接着，袁伟民又说："我把情况统统告诉大家，把底兜出来，是充分相信大家，坚信大家能正确对待，靠自己把握局势。如果因为怕情况讲明后有压力，打不好，而不说，这是盲目的，是回避矛盾。我们就是来拿冠军的，就要根据需要打比分，我相信你们能经得起这个考验。"

张蓉芳那股狠劲儿又上来了："明天非打她们个3比0不可！"之后，郎平、孙晋芳也都表态要拿下苏联队。

第二天，入场前，中国姑娘惊讶地发现，古巴队的教练和队长手捧鲜花，微笑着献给苏联队的教练和队员。她们的意图尽在不言中，是预祝苏联姑娘胜利呢！谁知，这个微妙的举动，反而激励了我们的"铁榔头"。

郎平暗暗下定决心："我一定要把我们输给美国所失去的再夺回来。我就不信中国队不行，而让别人看笑话，我一定争这口气，否则我就不配当中国队的主攻手。"

执法的法国裁判问旦，则向袁伟民和邓若曾伸出3个指头，比画着手势，意思是：你们今天这场球必须要3比0拿下来。

比赛开始，中国女排以良好的竞技状态，顺利地拿下了前两局，第三局又稳稳当当地打到了14比9。

眼看再得一分便可结束战斗，谁知欲速则不达，反而被对方连追3分。12比14，发球权多次易手，最后一分总拿不下来。

袁伟民一方面换上老将曹慧英，一方面叫暂停。这次暂停，出乎姑娘们意料之外的是，袁伟民竟笑嘻嘻地逗起她们："瞧你们，一个个脸拉得这么长，怎么就不能笑一笑？"

姑娘们会心地笑了，绷紧的情绪调整得轻松一点了。最后由曹慧英一个勾飘发球直接得分，以大比分3比0结束战斗。

赛后，张蓉芳对袁指导说："我们心里急呀！丢一分就像挖掉我们身上一块肉那么疼啊！"

中、苏之战后，特鲁希略的报纸写道：

> 虽然中国队还剩和澳大利亚队的一场比赛没有打，但是她们已经一只脚跨进决赛了。

复赛的最后一场，杨锡兰换下了孙晋芳，周晓兰换下了陈亚琼，杨希换下了郎平，陈招娣换下了郑美珠，姜英换下了张蓉芳，只留下一个梁艳没换。她们轻松地为中国队拿下了复赛中第四个3比0。

中国队终于凭自己的实力跨进了决赛。

女排过关斩将勇夺冠军

1982年9月,取得半决赛资格的中、美女排,各自怀着问鼎金杯的心愿,在特鲁希略乘坐同一架飞机飞向利马。

机舱里,孙晋芳握着海曼的手,友好地问道:"感觉怎样?"

"感觉很好。"海曼微笑着回答。

性格活泼的克罗克特走过来了,她比画着手势和孙晋芳逗乐,又重复了不止一次地和中国姑娘说过的话:"中国队已经拿过世界冠军了,这次该我们美国队拿了。"

"NO! NO!"孙晋芳一面说着,一面幽默地做了一个乘电梯的手势,意思是说:"前面我们落后了,现在要赶上去拿冠军。"

克罗克特忙不迭地摆手,竖起大拇指说:"这次美国拿,1984年奥运会还要美国拿!"

到达利马后,国际排联主席利博先生在欢迎中国女排时,一见面,他就激动地对姑娘们说:"你们终于打回来了,你们是靠自己的实力打回来的!"

世界锦标赛将在雄伟壮观的"阿莫乌塔"体育馆进行最后的决赛。

体育馆的前身是个斗牛场,后来改建成当地首屈一指的体育馆。观众席像连片的蜂房，分上、中、下几十排，有规律地排列着1.2万个座位。

9月24日20时，先由中国队迎战日本队，再由秘鲁队迎战美国队。4个队都只有四分之一的希望成为金杯的主人。

日本女排则是带着失败的悔恨迎战中国姑娘。在利马赛区复赛阶段最后一天的比赛中，日本姑娘以1比3败在秘鲁姑娘的手下。

跌了这一跤，日本队反而可能摆正自己的位置，轻装上阵和中国队拼了。

中国女排如履薄冰的处境还没有从根本上摆脱，这场球打好了，才有可能向最后一个对手挑战，走向光辉的顶点。

这一天，日本女排一出场就面带微笑，入场式的音乐是作了特意安排的，军乐队演奏的是《舰队在前进》，这是一支日本海军进行曲，熟悉的旋律使日本姑娘大受鼓舞。

不知是出于答谢东道主的盛情，还是为了赢得观众，日本姑娘拉开球包，把一只只雪白的排球当成一束束鲜花，抛向四座。

等到日本队赠球完毕，邓若曾指导跑到场地中间，用一只大手抓起排球，挥臂一抡，球飞出去几十米，落在哪里哪里就响起一片掌声。他特意朝着五星红旗成片的地方发过去，球落在华侨丛中。

秘鲁，是拉丁美洲华人最多的国家之一。中国女排的到来，成为秘鲁华人社会的一件喜事。半年前，爱国侨胞就行动起来，带着记录中国女排首次夺魁的影片《拼搏》，奔走于利马、特鲁希略、奇克拉约3个城市，他们进行了充分的准备，为比赛时组织啦啦队打下了基础。

这次比赛一开始，利马一位姓戴的华侨，她开的旅行社不管了，孩子也顾不上，她为每个啦啦队员做了黄背心，中国女排赛到哪里，华侨跟到哪里，分担着亲人们的忧虑与欢乐。他们盼望女排姑娘第二次登上世界冠军的领奖台。

观众席上，中、日两支啦啦队各占一方，气氛热烈。秘鲁观众没有明显的倾向，只为好球喝彩，显得文雅有度。

球场上，两支亚洲劲旅互不相让，打得有板有眼，发挥了"快、变、高"的特长。日本队劲头十足，咬住不放。

但是，相持一段时间之后，比分便逐渐拉开。第一局15比7，第二局15比8，第三局15比6，中国女排力克日本队3局，取得了胜利。

正当中国女排摩拳擦掌，准备倾尽全力于决赛再战美国姑娘时，消息传来了，秘鲁队战胜美国队而进入了决赛。

秘鲁啦啦队的队长贝科索·拉米雷斯，指挥1.2万人齐声叫喊，那声浪是巨大的，富有摧毁力的。

美国队大意失荆州。她们和日本女排一样，确实没有料想到秘鲁的啦啦队这么厉害。

日本和美国两强失败的教训，为中国姑娘敲起了警钟。如何从心理上排除场上强大的噪声干扰，成了中国女排准备会的主题。

袁伟民说：

这是一场拼意志、比思想的特殊战斗。对方可能破釜沉舟，决一死战。我们要做好最艰苦的准备，克服马到成功的思想，全力以赴去拼对方。

邓若曾说："不论观众给多大的压力，心也不慌，手也不乱，靠钢铁的意志自我控制。"

张一沛诙谐地说："反正你们也听不懂西班牙语，他们为秘鲁队加油，你们就只当是在喊：'中国加油！''中国加油！'这样不就得了嘛！"

决战在即。在当天上午的训练中，偏偏张蓉芳又拉伤了腰肌，走路都痛。

9月25日21时40分，当中、秘女排出场的时候，"阿莫乌塔"体育馆已是人山人海。

人们惊奇了，华侨啦啦队欢呼起来了。

上午还要人搀扶的张蓉芳，出现在主力阵容里，大夫给她打了"封闭",为了夺取第二只金杯,她豁出去了!

场外的表演和场上的角逐同样激烈。由于美国教练的强烈抗议,经过组委会的讨论决定,不允许再用场地扩音系统呐喊助威。

啦啦队长只得让3个手执喇叭的人,根据他的意图吹出不同的音调,指挥全场。每个秘鲁人都发到一只哨子,有节奏地吹出哨音。

华侨啦啦队以哨子对哨子,还搬来了铜锣皮鼓,无奈还是敌不过对手,只有鲜艳的五星红旗在秘鲁国旗的海洋中不屈地飘扬!

巨大的噪声,使裁判员的哨子无法发挥作用,只能靠手势发令。

在噪声干扰下,中国女排姑娘镇定自若,打得不焦不躁,很有章法。

郎平在2号位跑动进攻,扣中了;张蓉芳又打又吊,威力不减;郑美珠格外活跃,打出一个好球……

第一局,中国队以15比1拿下首局,只用了15分钟,平均一分钟得一球。

第二局,中国队以15比5取得了胜利。

第三局,中国队以15比11再拿一局。

最后,中国女排大比分3比0,拿下这场球赛。

国际排联裁判委员会主席用了一句话对这场球进行评论:

今天的比赛用不着多加评论，中国队打得好，拿世界冠军是理所当然的！

获得亚军的秘鲁姑娘和获得冠军的中国姑娘一样兴高采烈，两国姐妹手挽着手，拥抱在一起！

花雨，纷飞的花雨，带着秘鲁人的热情，带着各国运动员的友谊，从"阿莫乌塔"体育馆的空中撒下来了，落在获胜者的头上、身上，落在中国姑娘手中捧着的金杯上及胸前挂着的金牌上。

体育界发表谈话盛赞女排

1982年9月26日，中国女子排球队队长孙晋芳，在中国女排荣获第九届世界女子排球锦标赛冠军之后，对新华社记者说：

这次比赛中我们遇到的困难是过去从来没有经历过的。参加这次比赛的体会比我参加过的历次比赛都深。我们经过严峻的考验，克服重重困难，终于取得了胜利，真是其乐无穷。

孙晋芳是中国女排最老的队员之一，孙晋芳首先把本届锦标赛和上年世界杯赛的情况进行了对比。她说：

去年世界杯赛虽然也有困难，但是那时放得开，就是一个劲儿地冲，冲上去就是了。但是，获得世界杯赛冠军以后情况就不同了，人家眼睛都盯着你，你成了"众矢之的"。特别是预赛中以0比3负于美国队以后，困难就大得多了。

在对美国队比赛前，我们只想到美国队会发挥得很好，要认真对待；没有想到比赛时她们改变了战术,结果我们输了。当时,我们的心情都很压抑。在复赛阶段中我们不能再丢一局,每场比赛都要数着比分打,真像是在走钢丝。因为我们都认识到,这届世界锦标赛能否夺得冠军不仅关系到参加奥运会,也关系到参加下届锦标赛的资格。

在同上届锦标赛冠军古巴队和奥运会冠军苏联队比赛之前,代表团的领导、领队和教练同我们一道分析形势,认清有利条件和不利因素,大家心里就有了底。经过讨论,全队统一了思想,共同认识到要出线不能靠别人,要靠自己;不能立足于保,而要立足于搏。

对古巴队和苏联队的比赛终于拼下来了,我们以两个3比0获胜,为出线扫清了道路。这说明我们队的思想作风是过得硬的,同时也表现了我们的实力。如果没有大家平时的苦练和扎实的基本功,这两仗是拿不下来的。现在排球运动发展很快,没有新战术、新招数就很难取胜。只有不断创新,才会立于不败之地。

孙晋芳最后表示:这次女排的胜利来自全队的共同努力,来自祖国人民的支持和关怀。她代表女排向抚育她们成长的党和人民表示衷心的感谢。

同一天,我国排球代表团团长、女排教练也发表讲话。

首先，中国排球代表团团长陈先在中国女排夺得本届世界女排锦标赛冠军之后，对新华社记者说：

中国女子排球队取得的胜利来自志气，来自人民。我们戒骄戒躁，从零开始，奋发图强，埋头苦干，就一定能夺取新的胜利。

女排这支队伍是在全国人民抚育和培养下成长起来的，这一点我们永远不会忘怀。当我们遇到困难或遭受挫折的时候，人民总是从各个方面给予我们热情的教育和支持；当我们取得一些成绩时，又是人民嘱咐我们要戒骄戒躁，继续前进。

中国女排的胜利也是全国人民、广大体育工作者和全国排球教练员、运动员和干部热情支持和帮助的结果。这次在秘鲁比赛，我们又受到广大爱国侨胞的无微不至的关怀和鼓励。他们为我们精心安排，努力创造较理想的生活条件，这给我们增添了巨大的力量。

这个胜利的取得同时又是代表团全体运动员、干部、教练员奋发图强、共同努力的结果。他们立志为祖国再次取得世界冠军称号。为此，他们团结一心，实干苦干，忘我劳动，不怕牺牲，在训练中不断有所创新，对技术精益求精。

当前世界排球技术发展很快，如美国队和古巴队等的实力不断增长。秘鲁队取得很大进步，特别是她们不畏强敌、敢于胜利的作风等，都是值得我们认真学习的。

中国女排教练袁伟民对新华社记者说：

这次锦标赛与上次世界杯赛不同。由于去年获得世界冠军，我们成了"众矢之的"。特别是从预赛到复赛阶段，我们处境非常困难。这对我们是严峻的考验。

但是，我们不靠天、不靠地，不靠别人，通过自己的艰苦努力拿下来了。这次比赛进程也说明，夺取冠军不易，保持冠军更难。

为此，我们要继续奋斗，要看到自己的不足，学习别国的先进技术和优良作风，努力充实自己，把这次胜利当成新的起点，更好地为祖国作出新的贡献。

教练邓若曾说：

在这次比赛中，我们经过努力，从艰难的处境中摆脱出来了。我们在困难的情况下，保持坚定的信心，依靠自己拼搏，不存幻想，看到困难，保持乐观精神和坚定信心，这是取得这次胜利的重要原因。

秘鲁队打得非常好，她们进步很大，特别是对美国队的比赛，不畏强手，敢打敢拼，士气旺盛，终于战胜了美国队，这种精神值得学习。

1982年9月27日，荣获第九届世界女子排球锦标赛冠军的中国女子排球队，回国途中到达纽约时，受到中国常驻联合国代表凌青、中国驻纽约总领事曹桂生以及侨社各界人士的热烈欢迎。

当晚，中国女排被接到纽约中国城，应邀出席了纽约侨社各界举行的庆祝中华人民共和国成立33周年的宴会。

下午，女排全体成员同中国驻联合国代表团和中国驻纽约总领馆的工作人员聚会。晚上，她们还出席了美国华侨总商会的晚宴。

三、决战奥运会

- 张蓉芳轻声对同屋的郑美珠说:"我们要向前看,一定把后两场拿下来,这场输了没什么,那时再输才后悔呢。"

- 1984年8月7日晚上,在洛杉矶长滩体育馆,中国队再战美国队,争夺奥运会女排赛冠军。

- 1984年8月8日,胡耀邦在北戴河听到中国女排以3比0胜美国队,荣获奥运会冠军的消息后,向女排运动员们表示祝贺。

女排艰苦冬训备战奥运会

1984年初，列车载着女排姑娘们前往郴州，参加备战奥运会的冬训。

列车呼啸着飞奔在京广线上，卧铺车厢里，女排姑娘都已进入梦乡。

离过春节只有几天了。临出发前，领导找到袁伟民劝他们过了年再走，可是袁伟民不肯。

那些年，过年过节的观念在他的脑子里淡薄了，最宝贵的是时间，到奥运会只有半年了，技、战术上需要解决的问题也不少，他得把每一天都充分利用起来，力争通过这个冬训，使全队思想、技术都有较大的起色。

几天前，与一位将军难忘的交谈，此时此刻又浮现在已躺上床却毫无睡意的袁伟民的脑际。

这位将军就是以研究《孙子兵法》闻名遐迩的郭化若。在中国女排跃登世界冠军宝座之后，袁伟民在许多热情的观众来信中，发现了他的信。信是用毛笔书写的，洋洋洒洒，一写就是好几页。每次展读他的来信，袁伟民都叹服他挥洒自如，胸中韬略深沉。

球场小天地，战场大世界，指挥者运筹帷幄，竟有那么多相似之处。

"斗智不斗力。"这些天来，袁伟民经常玩味郭化若说的这句话。在实力相当的比赛中，用"斗智"指导"斗力"就会别开生面。

袁伟民苦思冥想的，正是怎样在奥运会上与日、美女排"斗智"的问题。

中、日、美三队，势均力敌，在技术、战术运用上都是有高有快，高快结合，但又各有所长：中国队和美国队相比，高不过快得过；中国队与日本队相比，快不过高得过。美国队的优势在"高"，日本队的优势在"快"，中国队的优势在"全面"，即有高有快，能攻能防。如果我们在高快结合、瞬息万变上有新突破，就能居于领先地位。

袁伟民并没有忽略这样一个事实：中国女排的"换血"，在一定程度上削弱了体现在"全面"上的优势，新的配合远没有达到过去那样默契的程度。

"换血"之初的"新女排"可能虚弱些，会打一些败仗，但是，"新血"一旦发挥了作用，"体力"就会迅速强壮起来。他要靠这支新的队伍去实现"三连冠"的理想。

南方的原野，水不冰封，树不凋零，远山近水依然披着周身的绿装。碧云环绕的山城郴州，张开热情的双臂，欢迎中国女排的到来。

这次冬训，特意邀请陈招娣、杨希来帮忙。她们旧地重游，触景生情，绘声绘色地向初来乍到的新队员讲述开创时期的一切。

这里的条件已今非昔比，新的训练馆盖起来了，暖气也安装上了。周围的环境，既熟悉又陌生，绿树如盖，鲜花似锦，姑娘们情不自禁地放慢了脚步。

把基地建成花园，是郴州的同志们努力的结果。唐见奎他们有个观点，球场上运动员们够苦的了，球场外一定要有个赏心悦目的环境，一定要安排好生活，使她们不感到枯燥、寂寞。

宽敞明亮的现代化体育馆里，袁伟民带领15名队员，外加6名陪打教练、两个"退伍老兵"杨希、陈招娣，分开在两个排球场上摆开架势，热火朝天地苦练起来。

刚刚过去的"突击周"收效甚大。每人重点解剖自己的薄弱环节，寻找解决办法，星期天还加班进行了考试，检查成果。全体队员挨个儿边谈体会、边做动作，并录了像，以便更好地对症下药。要突破全队的薄弱环节，必须从改正每个人的短处着手。

被国际排坛誉为难以对付的"怪球手"张蓉芳，是一个对自己的技术从不知满足的姑娘。她把拦网和扣球都列为需要重点突破的项目。她清醒地认识到，在日趋"大型化"的世界排坛上，自己作为主攻手所承担的压力。从联邦德国参加完两个邀请赛归来，她觉察到和美国队交锋时，她们常常把大个子队员换到她面前扣球，想从她手上寻找突破口。

"拦网是中国女排制胜的法宝之一，绝不能从我手上丢失!"张蓉芳坚信,拦网不仅仅靠高度,技巧性也很强,只要在技术上再下功夫,缺口绝不会那么容易被她们打开。扣球也必须继续提高,如果不练出新招儿,奥运会上也很难立新功。

新的追求,给她以力量。可是练一阵后,腰伤又复发了,影响到两腿发麻,胃病也不时作祟。想到技术亟待提高,想到队里许多工作急需去做,她急啊!

当引退的孙晋芳、陈招娣、杨希她们沉浸在蜜月幸福中的时候,她这位重任在肩的"元老",却被病魔出其不意地击倒在病榻上。急性胰腺炎销蚀了她10多斤体重,人瘦了一圈。

病后,她第一次出现在工人体育馆的排球网前,苗条得像个中学生,有的观众甚至都不敢认她了。大病初愈,很小的运动量也会给她带来痛苦。她不怕,咬着牙坚持锻炼,循序渐进,一步步恢复,一点点长劲儿,很快就夺回了失去的素质和体力。

一些胰腺炎患者在看了张蓉芳重返球场的报道后,惊奇地写信问她:"你靠的是什么灵丹妙药?你创造了奇迹!"

这次郴州冬训,异常艰苦,经常是一上球场就长达4小时。细心的袁伟民发现,张蓉芳口袋里总是装着几块巧克力华夫饼干。训练间隙,她便喝口水,悄悄把饼干咽下,让不争气的胃能坚持到训练结束。

袁伟民知道,身体上的伤病和精神上的压力都在折腾着这个姑娘啊！"别急，毛毛！情况会好起来的。快去睡吧！明天你休息，不要去球场了。"

张蓉芳默默地望着袁指导，她知道自己不去睡，教练也不会去睡的，她轻轻地走回了房间。

3个星期大运动量训练，体力消耗很大，姑娘们都感到很累了。初来乍到，进出训练馆，经过花坛处，她们总是情不自禁地放慢脚步，爱在这里多逗留一会儿。

这几天，这个兴致也没有了。细小的变化，被袁伟民捕捉到了。

集队时，他微笑着说："看得出来，大家都感到很疲惫了。有的走路也没劲了，有的说话少了。这就是苦啊，怎么办呢？没有别的办法，只有咬咬牙，把这个苦咽下去。上了球场就要兴奋起来。这的确很难啊，但是必须这样做。"

忽然，他发现张蓉芳依然站在队伍里，没有按他昨晚的吩咐休息。他便带着几分命令的口气说："毛毛，你回去。今天不要再来球场，治疗一下，躺一躺。"

听到教练用这样的口气说话，张蓉芳知道已无法违抗。上午，她回宿舍请大夫治疗了一个多小时，午睡后，又悄悄地来到训练场，参加了身体训练。

就是在张蓉芳面临种种困难的情况下，袁伟民对她的要求仍在不断加码。他批评张蓉芳对新队缺乏信心，要求她们在进一步提高自身技术的同时，还要全力去带动别人，把全队的信心鼓起来。

张蓉芳觉得难啊，新老之间的协调和配合，不是一下能解决的，新队员本身思想和技术上的问题，也不是老队员所能替代解决的。

她一度感到很委屈。一天深夜，郎平来找她聊天，两人一倒肚里的委屈，都哭了一场。谁也睡不着，又一起出去边散步、边谈心，谈开以后，倒也渐渐想通了。她们理解袁指导那颗赤诚的事业心，她们钦佩他那种强烈的责任感，她们觉得袁指导说的话在理。

郎平鼓励张蓉芳任何时候都要朝前看。张蓉芳又和郎平一起想办法，怎么把这支队伍带起来，通过冬训争取在技术和思想上来一个新突破。

聊啊聊，不知不觉已是第二天2时了。守门人看见远处两个人影来回晃动，怀疑是坏人，跑到面前一看是她们，大吃一惊，不知发生了什么事。

张蓉芳连忙解释说："大伯，有点公事，我们这就去睡。"

时间一天天过去，离奥运会的日期已经很近了。

邓若曾教练晚来了一步，带来一个新的信息：据《体育科技动态》透露，美国总统里根宣布，美国的奥运会战略是，第二就算失败。

美国女排正在为实现这一目标，进行每天9小时的大运动量训练。

知情人说："塞林格要求每一个运动员都必须拥有高度的自觉性，在网前永不停息。她们的训练要比职业橄榄球队员还艰苦。"

日本女排的训练更是富有"创造性",她们请日本大学生男排进行陪练。每次训练,捡球的队伍排成一条龙,以求得最大限度地利用时间。

日本排协科研委员长丰田博宣布,他们采用电脑等先进设备,已将1983年亚洲锦标赛时有关中国队的所有数据分析整理完毕,剩下的就是进一步制订策略,严格进行针对性训练了。

中国女排姑娘们也在加紧训练着,绷紧的排球网前,一组组队员正在练习对攻、对拦。

突然,随着一声叫喊,只见杨锡兰捂着左手,痛得脸色发白,冷汗直渗。原来,郎平的一个重扣,把她正扑过去拦网的左手拇指给打坏了,皮裂肉绽,鲜血直流。

包扎以后,随队医生罗维丝担心会不会骨折,急忙带她去郴州市人民医院拍张片子。片子还未冲洗出来,杨锡兰已回到了球场。

邓若曾笑眯眯地说:"杨子,你不是一直想练单手处理网上球吗?正是个机会。来,让招娣帮你练!"

杨锡兰点点头,她正是这么想的。左手被纱布缠得严严实实,那就练右手吧!一个优秀的二传手,需要机灵地处理各种网上球。只见陈招娣把球砸到网肚子上,杨锡兰跑步插上,单手将球垫起。陈招娣又把球抛得高高的,垂网直落而下,杨锡兰又快速跳起,单手将球快抹过网……

另一个场地上，6位陪打教练在网前轮番跃起，猛烈劈杀，姑娘们3个一组，在后排轮番防守。

杨希、陈招娣一人拿着一块黑板做记录，看谁起球最多。只见一个身材修长的姑娘，把重心压得低低的，左右前后敏捷滚救，垫起了一个又一个眼看就要着地的重球。她，是来自八一队的新秀李延军。

"嚯嚯……"袁伟民吹哨，叫姑娘们围拢过来，听小李讲一讲她是怎么防起来的。

小李腼腆地说："我讲不来。再防一次吧！"

"行！"袁指导拉过一车球，连珠炮似的向她扣过去。小李像一团烈火，满场滚动。在短短的3分钟里，就扑救了30多个球。

训练进入最后一项。一排教练，一排队员，面对面，一对一，队员站在墙前防守，教练相隔4米重扣。如此短兵相接，比赛场上不会发生，但是为了训练防守的意识和反应，有时需要采取这种办法。这么练，扣者很近，防者无退路，一不小心就会挨打。

指标是每人防起两个好球。这可不容易完成，防得最好的队员也防了3个组才停，每组10多个球。

墙前只剩下了北京姑娘杨晓君。看见别人都已完成，她有些急了，越急越垫不起，越垫不起越挨打，好不容易起了一个球，本可以算完成了，可是袁伟民皱了皱眉头说："这球是闭着眼睛垫起来的，练重防就是要练胆量，练反应，这么'蒙'不行。不算！"

杨晓君没有怨言，擦擦汗继续练。大伙儿在一旁给她鼓劲儿："别怕！""加油！""再来！"

不知又防了多少个球。姑娘们终于异口同声地喊出了一声："好球！"笑声、掌声响了起来。

白天，在训练场上"斗力"。晚上，又不时安排"斗智"的活动，看训练和比赛的录像，召开技术讨论会，把每个人"斗智"的结果集中起来，再在"斗力"中体现出来。从教练到队员，都把全部精力倾注到了冬训中去。

除夕，姑娘们依然在训练场上挥汗如雨，完成了癸亥年的最后一次训练。

晚上，郴州市委的领导同志和群众代表特意来到训练基地陪她们一起辞旧迎新。

热闹的联欢晚会，使姑娘们沉浸在节日的欢乐中。郎平玩得最起劲，赢得不少奖票，领到两样得意的奖品：一样是一个特制的礼花，放完以后会飘逸出一顶降落伞，上面挂着中、日、美国旗。还有一样是一个洁白无瑕的"小天使"瓷像。她把降落伞挂在床头，小天使放在案头，陪伴她度过紧张的冬训生活。

初一放假一天。郎平和同屋的周晓兰也没有出去玩，而是在记日记、写信中度过的。她俩都爱动笔，习惯通过日记整理自己的思想。

两位姑娘写下了长达数页的日记，回顾过去的一年，记下新年的新打算。

郎平想的是该怎么和毛毛、杨子一起，更好地发扬骨干作用……

周晓兰想的是，只有5个月了，这也许是我球坛生涯的最后历程，该怎么问心无愧地度过这最艰难、最珍贵的日子呢？

春节刚过，袁伟民便接到了儿子寄来的信。这封信，使他颇为感慨。一个杰出的教练，常常是个不尽职的爸爸。袁伟民对家庭、对儿子，常常也有一种愧疚感。

含辛茹苦的郴州冬训，使更新后的中国女排从思想到技术出现了转折。

迎战奥运取得决赛权

1984年8月3日,在洛杉矶长滩体育馆内,喧嚣声一片,中国队和美国队之间正在进行着奥运会女排分组预赛。

洛杉矶第二十三届奥运会中国女排主教练是袁伟民,教练是邓若曾。

中国女排队员是张蓉芳、郎平、朱玲、周晓兰、杨锡兰、梁艳、姜英、侯玉珠、苏惠娟、李延军、杨晓君、郑美珠。

在这一场同巴西队的比赛中,中国队打得比较艰难,最终以1比3失利。

新队员们参加这样大型的比赛,大都比较紧张。第一场与巴西队比赛时,杨晓君发第一球时竟打到裁判员那儿去了,这都是紧张的缘故。这天的比赛也是这样,弦绷得太紧了!

在中国队的休息室里,队员们议论着这场比赛,大家的情绪都极为沮丧。

张蓉芳看到这一切,立即闪出一个念头,这样下去,下面的比赛也很难打好,说不定要打到三四名去了。

在乘车回去的路上,汽车要行驶50多分钟。大家都沉默着,没有一个先开口说话。

张蓉芳紧锁着双眉，向窗外凝视，她不是在欣赏车窗外灯火辉煌的夜景，而是在思索着以后的比赛。

在张蓉芳的思索中，形势明朗了，中国队要打掉日本队后才能进入决赛。打日本队按正常情况讲，全队是有信心的。可现在刚刚输给巴西队，打日本队能不能放下包袱呢？

她知道现在是个严峻的时刻。她是队长，要从自己做起，放下包袱。她认为，只要大家认识统一了，包袱放下了，信心鼓起了，球就一定是会打赢的！

回到奥运村，已是 23 时多了。

张蓉芳轻声对同屋的郑美珠说："我们要向前看，一定把后两场拿下来，这场输了没什么，那时再输才后悔呢。"

郑美珠点了点头，两人的想法完全一致。

袁伟民和郎平参加记者招待会回来已是零时过了。大家还等着他们。

袁伟民把大家召集在一起，他没有批评，甚至没有埋怨大家，而是心平气和地讲："我们输掉的只是一个机会，一个打弱队的机会，并没有输掉名次，没有输掉冠亚军，关键的比赛还在后头。"

代表团团长李梦华还怕大家放不下包袱，语重心长地表示：

　　　　即使你们后面都输了，你们也是拿过两届

世界冠军的队伍，女排对国家的贡献是谁也抹杀不了的。

姑娘们听了这些话，舒展了面孔，内心的不安得到了缓和，像吃了定心丸，安然地去休息了。

1984年8月4日下午，照例是开准备会。

袁伟民决定教练不参加，由队员自己开。张蓉芳召集6名主力队员，周晓兰召集6名替补队员分别开会。目的是沟通思想，增强信心。

张蓉芳在小组会上很活跃。在分析双方实力的对比时，她说："日本队近年来在世界大赛中没赢过我们。在苏联的四国邀请赛时，我和郎平没上，咱们照样赢了。从心理上讲，她们是怕我们的，从实力上看，她们也不如我们。我们不要急，抓一个机会就打一个反攻，要集小胜为大胜。"

郎平也接着发表自己的看法："咱们要想办法压住对方，用发球突破她们3号位的进攻。"

其他人接二连三地都说了起来。情绪活跃了，8个月前在亚洲锦标赛上输给日本队后遗留的一丝阴影也荡然无存。

之后，在中国队与日本队之间争夺半决赛权的比赛，马上就要开始了。

双方在场上做准备活动时，日本队有些紧张。王屋裕子原来是张蓉芳的老朋友，但是，她连个招呼也不打，如同路人一般。这样,反而使张蓉芳心里有数了,她感到踏实了。

这时,郎平大大方方地走过来,附在毛毛的耳朵上悄悄地说了句:"杨子说她心慌,觉得特别累,你快去跟她说说。"

张蓉芳一看杨锡兰的脸涨得通红,便不动声色地走过去,笑着小声对她说:"杨子,别紧张,不好处理的球就传给我。无非是输,只要打出水平,输就输了。"说后又用手在杨锡兰的肩上抚摸了几下,并鼓劲似的顺势轻轻推了一把。

杨锡兰抿着嘴,眨了眨眼睛,又点了点头,露出了一丝淡淡的微笑,又接着去做准备活动了。

比赛开始了。这一场比赛是一场速战速决的比赛,中国队净胜3局,取得了决赛权。

中美大战光荣蝉联三连冠

1984年8月7日晚上,在洛杉矶长滩体育馆,中国队再战美国队,争夺奥运会女排赛冠军。

赛前,张蓉芳激动地对同伴们说:"我们一定要打胜!"

第一局,中国队经过艰苦搏斗,以侯玉珠的怪球夺得了决定性的两分。

第二局,美国队一蹶不振,不攻自破。中国队以15比3取胜。

第三局,中国在14比5领先时有些放松,又被美国队连追4分,成14比9。离胜利就差一分之遥,中国队却迟迟没拿下这关键的一分。

此时,袁伟民请求"换人",上场的是12号张蓉芳。在她稍事休息后,情绪极为振奋,一进场地她就向同伴嘱咐几句后,便到4号位站定。

美国队发球,中国队将球接起后传到4号位,张蓉芳从容跃起,美国队4只拦网的大手铺天盖地般封了过来。只见张蓉芳轻轻一点,球竟逾"墙"而过,不偏不倚地吊在空当里。裁判员示意换发球。

中国队发球后,美国队进攻未能打死,杨锡兰又把球准确地传到4号位,张蓉芳憋足了劲儿用力踏地,腾空而起，挥臂重扣，球"咚"的一声砸在地板上。

随着她双脚落地，她的两股热泪也夺眶而出！场上的中国队队员更是欢呼雀跃，紧紧地抱成一团。

裁判员判定后，场下的队员也拥了上来。张蓉芳、郎平这两位身经百战、屡建奇功的老将也泪如雨下。

在贵宾席观战的荣高棠、路金栋、黄中及香港知名人士霍英东先生都跳了起来，冲到场边向中国女排鼓掌祝贺。

激战的90分钟过去了。整个长滩体育馆沸腾了，整个中华大地沸腾了。

鲜艳的五星红旗带着一片火红的霞光，骄傲地升起来了。中国姑娘的汗水和泪珠滴落在胸前的金牌上。

这是一块多么艰难的金牌，中国女排不仅赢得了奥运会的一枚金牌，同时赢得了世界排坛最高的，也是最光荣的称号：三连冠。

胜利，给神州大地带来了一片欢腾。实现三连冠的热潮激荡着每一个中国人的心。

中国女排为振兴中华而拼搏的故事，将永远留芳于中华民族的史册之中。

国际舆论盛赞中国女排

1984年8月,日本队教练山田重雄在赛后表示:

中国女排太出色了,在第一场以1比3失利的艰苦情况下,在关键时刻能以3比0获胜,实在太了不起了,向世界证实了她们是最好的。

各国舆论十分重视中国女排在奥运会决赛中战胜美国队,赢得"三连冠",纷纷加以报道并发表大量评论。

刊登在美洲《华侨日报》奥运会特辑上的一篇报道是这样写的:

张蓉芳打得特别好,她处处采用巧妙打法奏效。记者算了一下,她的怪球有"挡蛇",即把球轻扣对方拦网队员腕下手肘部位,球就顺肘而下,犹如"挡蛇"。有打手出界;有轻吊空档;有直线后场;有斜吊对角。

泰国华文报《新中原报》在第一版和第五版以通栏大标题报道了中国女排在奥运会荣获金牌的消息,赞扬中国女排夺得奥运会金牌,完成了世界"三连冠"的伟业。报道指出：

> 这是10亿人民和数千万海外华侨华裔最欢欣鼓舞的喜讯。

在"编后漫语"里还指出，中国女排高度发扬了"胜不骄、败不馁"和勇于拼搏的传统精神。

泰国其他华文报纸也突出报道了中国女排获胜的消息。《中华日报》头版头条的通栏标题是《中国女排勇挫美国队荣登冠军宝座》。

世界几大通讯社都迅速报道了这一消息。合众国际社报道说：

> 中国队是在击破美国队坚强防守的情况下取得胜利的，比赛结果证明，中国女排是世界女子排球队中的佼佼者。

路透社说：

> 中国女排身手敏捷，技巧娴熟，防守高超，富有经验，以极为高明的策略，战胜了对手。这场球证明，中国队是世界最强的队。

日本时事社说：

这次奥运会女排比赛金牌非同一般，中国女排是在继 1981 年取得世界杯、1982 年取得世界锦标赛冠军之后，3 次蝉联世界冠军的，这是"辉煌的战绩"。

共同社说：中国女排虽然在预赛最后的比赛中败给了美国，但是在半决赛中对日本队和决赛中对美国队的比赛中，都表现得无懈可击，以绝对优势压倒了这两个队，"登上了名副其实的世界第一的宝座""确实向人们证明了她们是真正的世界第一"。

中央领导祝贺女排夺冠

1984年8月8日，胡耀邦在北戴河听到中国女排以3比0战胜美国队，荣获奥运会冠军的消息后，向女排运动员们表示祝贺。

中美女排这场决赛结束时，胡耀邦正在他举行的宴会上同朝鲜总理姜成山交谈。

当胡耀邦听到女排获胜的消息时十分高兴，连声说："好！好！"

胡耀邦又把这个消息告诉了姜成山。接着，两位领导人站起来举杯对中国女排获得奥运会金牌表示祝贺。

姜成山总理说："中国运动员又为中华人民共和国成立35周年献了一个礼。"

胡耀邦则风趣地说："赢总是好的嘛！"

可以说，举世瞩目的奥运会女排冠军之争揭晓后，我国女排以3比0战胜美国队夺得金牌的消息，使每一个炎黄子孙无不为之欢欣鼓舞！

世界排球史上，只有苏联男、女排和日本女排连续夺得过世界杯冠军、世界锦标赛冠军和奥运会冠军。现在，中国女排在夺得世界杯、世界锦标赛冠军之后，也拿到奥运会冠军，达到了最高峰。

中国女排要夺得奥运会冠军，的确道路艰难。世界锦标赛后，中国女排包括二传手在内的老队员换掉了三分之二。新老交替的过渡时期，是一个球队最困难的时期。中国女排刚组成不到两年，以这样的新军，在强手如林的奥运会上夺取冠军，艰难曲折是可想而知的。

事实再次证明，中国女排是一支勇于拼搏、奋勇进取的队伍。目标明确，不畏艰难，不怕挫折，勇往直前，同心协力，团结奋战，夺取胜利，这就是中国女排从实战中形成的战斗作风和进取精神。

1984年8月，洛杉矶奥运会期间，新体育杂志社写信给邓颖超，请她谈谈感想。

11日，邓颖超便回了信。这封信便刊登在《新体育》第九期上，全文为：

中国女排全体队员同志们，尊敬的教练员同志们：

我满怀喜悦的豪情，热烈地祝贺你们夺得二十三届奥运会的冠军。同时也向在这届奥运会上各种运动项目取得优异成绩的男女体育健儿们表示祝贺！

我在电视机前全神贯注、心情激动地观看你们的比赛。你们高超的球艺、顽强的斗志、拼搏的精神，把我紧紧地吸引住了，使我和你们的心连在一起，同呼吸共喜悦。你们这次夺得冠军，实现了你们三连冠的愿望，为国争了光,为中华民族争了光,这不仅是你们的光荣,也是中华各族妇女的光荣,也是中国各族人民包括台湾海峡两岸各族人民和所有爱国侨胞的光荣。

在授奖仪式上,当你们站在授奖台上,祖国的五星红旗慢慢升起的时候,场上观众挥动着五星红旗,欢呼和喜悦,兴奋动人的情景,使国内外所有关心你们比赛的人们都感到做一个中国人无上光荣和自豪。洛杉矶的一位老华侨说出了大家共同的心声。他说:"我花100美元买了一张票子,25%看体育运动,75%看国旗。"他把你们的胜利和热爱我们祖国的心情紧密联系在一起。

你们取得"三连冠"的胜利,是来之不易的。我希望你们戒骄戒躁,虚心向各国运动员学习,把"三连冠"作为争取新胜利的起点,为祖国、为民族争取新的胜利,为推动世界排球的发展,为发展同各国运动员和各国人民的友谊而努力。

中国女排为我们树立了一个很好的榜样,我们要向中国女排学习,为我们四化建设,努力作出自己的贡献。

邓颖超

1984.8.11

此外，中国台湾也在邮政部门发行了一套中国女排的纪念邮票，面值新台币 10 元，可撕开作两个 5 元使用。

这套邮票上虽然没有标明是庆祝中国国家女排在奥运会上荣获冠军，但邮票的面值和规格跟以前中国台湾发行的"少年棒球队荣获世界冠军""女子足球"邮票完全相同。

台湾公众都认为这套邮票的发行，反映了台湾广大群众对中国女排取得辉煌胜利的祝贺。

据报道，这套邮票发行以后，广大集邮爱好者争相购买，有的还分赠给海外亲友。

"三连冠"胜利的喜悦，还延续到了第二年。1985 年 2 月 23 日，中国女排"三连冠"塑像奠基典礼，在福建省漳州体育训练基地隆重举行。

中国女排"三连冠"塑像主体的初步方案将是高举金杯和花束的女排健儿，背景为女排健儿拼搏的群像浮雕。中国人民以此来表示衷心的喜悦之情。

四、再夺世界杯

- 曾经荣获"三连冠"的中国女排,为迎接世界杯的到来,在漳州展开了冬季训练。

- 1985年10月28日下午,中国女排主教练邓若曾在北京举行的记者招待会上说:"即将到来的世界杯排球赛对中国队是一次新的考验,中国女排有信心接受挑战。"

- 面对中国女排取得的胜利,袁伟民说:"荣誉归功于党和人民。面对明年的世界锦标赛,中国女排还要继续努力,一切从零开始。"

女排冬训迎战世界杯

1985年2月,在被誉为"冠军摇篮"的体育训练基地,南国水仙之乡漳州,已是万物复苏,春意融融。

曾经荣获"三连冠"的中国女排,为迎接世界杯的到来,在漳州展开了冬季训练。

训练是异常艰苦的,"狠"教练江申生在训练时,总是发一些凶狠刁钻的球给队员。

这一天,在训练时,球从新任教练江申生的手上猛扣下去,队员苏惠娟一个接一个地垫起,尽管小苏累得气喘吁吁,但球仍像雨点般地扣过来,不给人以喘息之气。

江申生是吉林男排队员,后来到中国人民解放军南京军区任排球教练。从1981年起,一直在中国女排当陪练。这次受命当教练后,他和胡进一起协助邓若曾组织女排冬季练兵。

主教练邓若曾说:"小江升任国家女排教练后,训练抓得紧,很能吃苦,几乎每天都要扣球1000多次,一天下来,手臂那种疼痛难忍的滋味可想而知。"

而在漳州训练基地,每一位队员也都是极为认真地训练着。

在训练时,主教练邓若曾抛出一个个急球,时高时低，忽左忽右，二传手杨锡兰不停地跑动，为队友们穿针引线，时而打交叉球，时而打短平快，突然又一个背溜，为郎平、梁艳、姜英、李延军投向一颗颗"重型炮弹"。

杨锡兰扎着一根特制的黑色腰带训练。然而，她在滚翻训练时，会极为迅速地翻倒在地，但是却半天爬不起来。

杨锡兰的腰肌劳损，每天晚上都要按摩治疗。但她深知二传手和攻击手之间的默契配合，必须通过千锤百炼才能达到。

尤其是现在补进了一批新手，配合问题更为突出。她经常扎着这根腰带训练，一天下来，腰带都可以拧出水来。为了女排的胜利，杨锡兰带伤痛在坚持训练。

主教练邓若曾，看到她那吃力的样子，也特别地感动，于是便叫她自己掌握训练量。

可是，杨锡兰却闲不住，紧紧腰带，练得更起劲儿了。

另外，队里面还有一位"犟姑娘"李延军，尽管李延军是一位十分文静和爱笑的姑娘。

这天，在女排冬训基地漳州，邓若曾对每位队员进行单个教练，一个个刁钻古怪的球从邓指导的手里猛地飞出，李延军开始应付自如，后来由于运动量太大，她觉得眼冒金星，没过一会儿便昏了过去，队友们便把她架了下去。

可小李一醒过来，顾不上擦掉满脸泪水和汗水，紧咬牙关完成了指标，得到邓指导的点头赞许。

为了克服弱点，李延军每天除完成训练指标外，还自己增加任务，如练发球的技巧，拦网的技术。这些自定的指标天天坚持，数量只有她自己清楚。

后来，主教练邓若曾风趣地说："这些姑娘们都有股犟脾气。"

邓若曾在言谈间，流露出满意的神色。

此后，中国队为了迎接世界杯的到来，又准备了几场热身赛，以此来了解对手，锻炼自己的队员。

1985年3月12日晚，在福建省体育馆，隆重举行"'榕城杯'女排邀请赛"开幕式表演。

刚刚结束在漳州为期两个月的冬训的国家女排，首次亮相。通过冬训，女排的阵容得到加强，特别是新补充的5名新秀得到了明显的进步。

国家女排分成两组进行比赛，这是一场迎接世界杯的热身赛。

郎平、梁艳、侯玉珠、苏惠娟、杨晓君和郑美珠组成的一组以3比2获胜。二传手杨锡兰因伤病未上场。

国家女排的精彩球艺，博得了观众的热烈掌声。

另外，参加比赛的还有江苏、八一、四川和福建队，这4支女排将参加为时3天的"榕城杯"女排邀请赛。

5月，当时世界女排4强将在本月下旬，进行世界杯赛前的热身赛。这4强是中国、苏联、古巴、日本。

由于这年的世界杯排球赛将于 11 月份在日本举行。因此，女排 4 强将在上海、北京进行两次国际女排邀请赛的比赛。

参加上海"《新民晚报》杯国际女排邀请赛"的有中国、古巴、日本 3 支球队，比赛于 22 日至 24 日进行。苏联队不参加这次邀请赛。

上海比赛后，3 支球队 27 日至 29 日在北京同苏联队一起参加"海鸥杯国际女排邀请赛"。

苏联、古巴女排没有参加洛杉矶奥运会的比赛，在当年"日本杯"国际女排赛中，苏联女排同中国女排的激烈争夺给人们留下了深刻的印象。

行家们认为，在美国和日本女排调整后实力尚未恢复之际，苏联女排近一年多来，技术和战术日臻成熟，又占有身高的优势，是中国女排最有力的挑战者。

这次邀请赛，也是中国女排在世界杯赛前了解对手，锻炼队伍的极好机会。

主教练举行记者招待会

1985年10月28日下午,中国女排主教练邓若曾在北京举行的记者招待会上说:

> 即将到来的世界杯排球赛对中国队是一次新的考验,中国女排有信心接受挑战。

邓若曾教练首先介绍了中国女排的情况。

上年奥运会后,中国女排进行作了一些调整,老队员周晓兰、张蓉芳、朱玲先后退役,当时12名队员中,巫丹、殷勤、林国清是首次参加世界杯比赛的新队员。

中国队参加了日本杯、《新民晚报》杯、海鸥杯等比赛,并出访民主德国和古巴,与世界大多数强队进行了交锋,只负于古巴队一次,战绩还是不错的。

为迎接世界杯赛,中国队从8月份开始投入夏训,加强针对性练习。现在队员们技术、身体状况正常,大家决心发扬女排的光荣传统,对各种困难做好充分准备,力争取得好成绩。

谈到这次世界杯赛的主要对手时,邓若曾说:

> 苏联队和古巴队这两支以高度和力量见长

的老牌强队已经东山再起，正向中国女排进行有力挑战。

据说苏联队教练帕特金讲过这样的话，如果3年内不把中国队打败，当教练就没有意思。

古巴女排的几名主力刚刚参加了世界青年锦标赛，夺得桂冠，士气正旺。

这两个队为了打好世界杯赛劲头十足。

世界杯排球赛将于11月10日拉开战幕，在日本的东京、仙台、札幌、岩见泽、苫小牧和福冈6个城市举行。中国女排定于11月5日开赴赛场。

关心中国女排的人们热切地期待着女排姑娘向"四连冠"的目标迈进，争取第四次捧得金杯，凯旋胜利而归。

可是这种热切的期望，再加上"三连冠"的包袱，无形之中在女排队员心理上是一个很大的压力。

对此，女排队长郎平说：今年中国女排同古巴队6战5胜一负，当她们出访古巴归来时，有人见面第一句话就问，你们怎么输了一场！随后，郎平又问道："为什么我们女排就不能输球？"

其实，中国女排与一年多前相比，队伍发生不少变化：主教练易人，主攻手之一的张蓉芳退役，队里补充了几名新队员。另外奥运会以后，中国女排主要对手的情况也发生了很大的变化。

美国队和日本队实力下降，美国队甚至未取得世界杯赛决赛资格,而古巴队和苏联队却处于咄咄逼人的上升势头。古、苏两队共同的特点是有高度,有力量,网上优势明显。古巴队队员手臂长,身体素质好,弹跳力强,主力阵容平均身高 1.81 米,比中国队高两厘米;苏联队队员年轻,体力充沛,平均身高 1.83 米,两名主攻手身材都比郎平高。

与这两个队相比,中国女排在强攻上处于劣势,拦网也处在很不利的位置。中国队的长处是快攻战术变化多,集体配合默契,攻防全面,技术较好。但是如果中国队队员临场紧张,发挥不好,或者对方用发球破坏了中国队的一传,中国队的快攻就要受到影响。特别是当古巴队一旦打得格外顺手时,中国女排输给对手也不是没有可能的事情。

当然,这只是从最不利处分析,并不等于说中国姑娘这次世界杯赛就一定会输球。

要知道中国女排是经受过重大比赛考验,有战斗力的队伍,第一阵容中有 5 名队员是上年奥运会夺冠时的主力选手,她们的比赛经验比古巴队和苏联队队员丰富。

在世界杯赛前的集训中,中国女排从最困难处着想,制订了各种具体作战方案,并且加强针对性的训练。队里老将与新秀,教练员与运动员团结一致,对打好这次世界大赛充满信心。

大家都纷纷表示,一定要放下包袱,继续发扬女排的拼搏精神,为祖国争取新的荣誉。

女排顽强拼搏夺取四连冠

1985年11月5日,以国家体委副主任袁伟民为团长的中国女排代表团,乘飞机离开北京,前往东京。

女排队员们经过3个小时的空中旅行到达成田国际机场时,毫无倦意,身体和精神状况良好。

由于组委会7日才正式接待各代表队,中国女排下飞机后,乘车前往距东京100公里左右的埼玉县进行训练和住宿。

这是前日本女排著名教练大松博文的夫人帮助联系,由伊藤羊华堂公司负责安排接待的。

先期到达日本的古巴、苏联、美国、巴西等女排也是各自联系接待单位,分别进行赛前训练。

5日晚,国际排联主席阿科斯塔也抵达东京。

11月10日,第四届世界杯女子排球赛开幕。

11月16日,在经过一系列的比赛之后,中国女排迎战苏联女排,这是一场激烈的半决赛。

第一局,中苏女排的开局比赛,曾一度令人提心吊胆。开始时,中国队没有费劲就把比分打到11比1。正当观众以为中国队马上就要拿下首局时,苏联队教练叫暂停。

随后,苏联队连续运用上手重飘发球,破坏中国队的一传，并加强拦网，比分直线上升。

由于中国队前一段赢得轻松，突然遇到困难后，便有点措手不及，越打越拘谨。

苏联队则与此相反，放得开，很快把比分追成 13 平，接着发球成功，以 14 比 13 反超一分。

在这关键时刻，郎平重扣夺回发球权，郑美珠拦网成功，最后又是郎平一锤定音，中国队才以 16 比 14 险胜。

此后两局，苏联队似乎失去了胜利的信心，干脆来了个大换人，让 12 名队员轮流出场，以致使场上未能形成一个有力的阵容，中国队比较轻松地以 15 比 2、15 比 5 连胜两局，结束了这场战斗。

随着中国和苏联女排比赛的结束，几乎所有关心世界杯女排的人们都把目光集中在 17 日，也就是 17 日在这里举行的中国和古巴女排的决战上。

中国队以 3 比 0 打败苏联队后，队员们并没有表现出特别的兴奋。

队长郎平、教练邓若曾平静地接受了记者们的采访后，便和队友们一起乘车回旅馆吃饭，然后又返回体育馆，观看古巴队同秘鲁队的比赛。

就当时的状况来看，行家们认为日本队竞技状态不错，但要战胜中国队和古巴队仍有不少的困难。日本队将在 17 日与苏联队交锋。

11 月 17 日，在福冈市民体育馆，举行第四届世界杯女子排球赛，中国女排迎战古巴女排。

中古之战，是本届世界杯女排赛开赛以来争夺最激烈、水平最高的一场较量。

第一局，双方阵容一亮相，中国队的第二主攻手姜英不见了，取而代之的是4号侯玉珠。在上年奥运会美女排决战时，侯玉珠在第一局14比14时上场，发球连连得分，被称为秘密武器。

为什么不用前几场打得非常出色、被报界评价很高的姜英呢？赛后，邓若曾教练披露说："古巴队的拦网和后排防守，对于斜线扣杀很适应，而对于4号位打出的直线球不适应。侯玉珠扣球的特点就是手腕动作较好，善于打直线球。"

比赛中，侯玉珠和郎平扣直线球得分很多，并且利用甩腕扣球也得了不少分。

另外，在这场比赛中，中国女排在比赛时还使用了一种新技术，即快抓。这种打法介于快球和吊球之间，似扣非扣，似吊非吊。用5个手指迅速把球压到对方场地中，它比快球和吊球都难防。这种技术以前也有，这次中国女排把它加以总结提高。赛前，中国姑娘曾多次练习过快抓的技术。

此时，比赛场上，古巴队攻势凶猛，3号路易斯和9号卡波特频频大力劈杀，很快以7比3、9比5领先，中国队奋力追成9平、10平，可惜又连失4分。眼看就要丢掉第一局了。

中国队和古巴队的比分是 10 比 14，第一局比赛中国队还差一分就要输掉了。如果第一局输了，中国队后几局就更难打，古巴队很可能越打越"疯"。

在这关键时刻，只见中国女排队员反而显得格外沉着冷静，一传到位率很高，快攻、拦网都赶在点子上。一分一分地追上来，终于连得 6 分，反败为胜。

比赛前，袁伟民团长曾说过，这次比赛对中国女排是个新的考验。当对方打得好，形势对我们不利的情况下，我们会不会乱套，核心队员能不能发挥作用，有没有办法和措施扭转局势，这是对中国女排的新的考验。

经过这一场比赛，可以说我们的女排队员是好样的，她们胜利地经受了又一次严峻的考验。这几个球可以说是中国队在整场比赛中，打得最好的一段时间，体现了中国女排在困难面前敢于顽强拼搏的精神，也打出了中国队能攻能守、能高能快的技术特点。

在这 7 分钟，郎平一个人连扣带拦，得了 4 分，充分发挥了核心队员的场上骨干作用。其他人也都打得非常好，杨晓君拦网得 1 分，郑美珠发球拿下最后 1 分。

第二局比赛，中国队士气上升，以 15 比 7 力克古巴队，再胜一局。

第三局比赛，中国队又先以 2 比 0 领先，这时中国队似乎稍微松了一口气，但马上被古巴队抓住战机，连得 10 分，中国队虽然努力追赶，但为时已晚，最后中国队以 5 比 15 输掉了第三局。

第四局比赛，双方争夺达到白热化，比分差距始终没有超过 3 分。中国队在 10 比 12 落后时，郎平重扣成功，又发球得分。接着，侯玉珠打探头球，落地开花，郎平再扣中一个球，反以 14 比 12 领先。最后，古巴队 3 号路易斯扣球出界，结束了这场比赛。

最终，中国女排经过四局 110 分钟的苦战，终于以 3 比 1 的大比分战胜了咄咄逼人的古巴队。

当中国队在福冈市民体育馆内 4000 多名观众的热烈掌声中，战胜强硬的对手古巴队以后，许多排球行家认为：

已经没有什么障碍能够阻止中国女排成为在世界女排史上，首次获得"四连冠"和蝉联世界杯赛冠军的队伍。

一位国际排球界人士也说：

已经一年多没有见到这么精彩的比赛了。

11 月 18 日，中国和古巴比赛的第二天，日本报纸评论说：

中国队打败古巴队，是向着夺取世界杯女排赛的最后胜利迈出了决定性的一步。目前保持全胜的只剩下中国队，后面对秘鲁队和日本队的两场比赛，看来中国队取胜也不会有大问题。

中国女排战胜古巴队以后，日本报纸对这场比赛的反应比较平静，似乎认为这样的结果是正常的。

日本报纸普遍认为，中国队战胜古巴队的关键因素，在于以郎平为首的核心队员发挥了作用。

一家报纸说：

中、古之战可以认为是郎平与路易斯的一次较量，郎平以经验和技巧占了上风。

前日本女排名将三屋裕子被富士电视台聘请为评论员。她在评论中古之战时说：

中国女排现在更加成熟，简直到了无懈可击的地步。

此外，一些日本报纸也对这场比赛从数据方面进行了双方长短的分析：

中国队以3:1胜了古巴队，算不上很险，然而把4局双方的小比分加在一起，就会发现，中国队的优势很小，只多3分。

中国队扣球得24分，比古巴队还少1分；中国队拦网得10分，比古巴队多1分；在扣拦方面，两个队可以说不相上下，但是古巴队的实际扣球成功率高于中国队。古巴队总的扣球次数为198次，成功率达到49%；中国队是202次，成功率45%。

中国队发球得5分，比古巴队多1分，而在失误方面，古巴队比中国队多2分。由于自己失误丢失发球权，古巴队比中国队多6次。恰恰是在这方面表现出古巴队的弱点，说明这支队伍还不成熟。

古巴队目前在攻击力上已超过中国队，而在攻守转换、串联技术、小球处理上还不如中国队。这正是古巴队失掉这场比赛的一个主要原因。

接下来，中国女排分别和秘鲁队、日本队进行了最后的两场比赛。这两场比赛均以中国队大获全胜而结束了战局。

最终，中国女排夺得了在日本举行的第四届世界杯女排赛冠军，登上了最高领奖台。

在这次世界大赛中，邓若曾获"优秀教练员奖"；郎平获"最佳选手奖"及"优秀选手奖"；杨锡兰获"最佳二传奖"及"优秀选手奖";郑美珠获"优秀选手奖"。

11月21日晚,获得第四届世界杯女排赛冠军的中国女子排球代表团,在团长袁伟民的率领下,返回北京。

在首都机场,他们受到了荣高棠、李梦华、陈昊苏等有关领导同志的欢迎。

面对中国女排取得的胜利,袁伟民说:

> 荣誉归功于党和人民。面对明年的世界锦标赛,中国女排还要继续努力,一切从零开始。

五、再赢世锦赛

- 1986年9月2日,第十届世界女排锦标赛分别在捷克斯洛伐克的日利诺、布尔诺、奥洛莫茨和比尔森拉开战幕。

- 国家体委和全国体总的贺电说:"你们在第十届世界女排锦标赛中,以全胜的战绩赢得冠军,我们向你们表示热烈的祝贺!"

- 中国女子排球队教练张蓉芳、郎平发表讲话:"这个金杯首先是全体队员团结战斗、顽强拼搏的结果,是依靠集体的力量和智慧赢得的。"

女排飞抵布拉格进行训练

1986年8月24日早上,中国女子排球代表团一行21人,在团长袁伟民率领下,乘飞机离开北京。

中国女子排球代表团团长是袁伟民,领队张一沛、杨希,教练员是张蓉芳、郎平、江申生。12名队员是杨锡兰、梁艳、郑美珠、杨晓君、侯玉珠、姜英、苏惠娟、殷勤、巫丹、李延军、刘玮和胡晓凤。

中国代表团将在莫斯科短暂停留后,于25日前往捷克斯洛伐克,参加9月2日起在那里举行的第十届世界女子排球锦标赛。

出征前,中国女排的教练员和运动员冒着酷暑,进行了严格的训练。

另外,早在8月22日下午,中国排球协会名誉主席宋任穷便看望了即将出征捷克斯洛伐克的中国女排全体队员,并对参加在那里举行的世界女子排球锦标赛的女排姑娘们鼓励说,要轻装上阵,打出风格,赛出水平。

宋任穷还说:

希望队员们在赛场上,思想上要放得开,充分发挥自己的技术特长,队员们要互相支持,团结战斗,打好每一场比赛。

本届锦标赛将于9月2日开始在捷克斯洛伐克四城市进行分组预赛，而后移师布拉格决赛。

对于这次世锦赛，登机前作为教练的郎平也说："这次参加大赛，不论是否捧杯，我们都将高兴而去，高兴而回。"

在当时，队伍的竞技状态比较好，大家信心十足。主力二传手杨锡兰表示，争取在每一场比赛中尽到自己的努力。老队员梁艳也表示有信心对付每一个对手。

8月25日晚上，参加第十届世界女子排球锦标赛的中国女子排球代表团，乘飞机抵达布拉格。

就连女排全体队员在莫斯科转乘飞机之前，仍在抓紧时间进行训练。

在捷克斯洛伐克机场，世界女排锦标赛组委会有关负责人和中国驻捷大使张大可，来到机场迎接。

中国女排抵达后，随即乘车前往距布拉格110多公里的比尔森，在那里进行赛前训练。

中国队主教练张蓉芳对新华社记者说："我们提前到达主要是为了适应这里的气候和时差，同时还要抓紧训练，做好赛前的最后准备，争取得到好的成绩。"

参加本届世界锦标赛的16支队伍，分成4个组进行预赛。中国队同苏联队、民主德国队、突尼斯队分在第二组。

其他3个组的情况是：第一组，捷克斯洛伐克、加拿大、韩国和保加利亚队；第三组，古巴、联邦德国、秘鲁和巴西队；第四组，意大利、日本、朝鲜和美国队。

女排再次取得世锦赛冠军

1986年9月2日,第十届世界女排锦标赛分别在捷克斯洛伐克的日利诺、布尔诺、奥洛莫茨和比尔森拉开战幕。

当天,16支女排精英全部亮相,并在捷克斯洛伐克展开了车轮战。

9月2日,中国女排在比尔森首战民主德国队。民主德国队在以往的世界锦标赛中的最好成绩为第四名。该队教练表示,他们的着眼点是在1990年以后能有较大起色。

尽管如此,民主德国队的姑娘们还是从中国女排手中拿下一局,这是第一次。

对此,中国队教练张蓉芳说:"中国队没有打出最高水平。"

当天另外7场比赛分别是:保加利亚队以3比2战胜捷克斯洛伐克队;韩国队以3比0战胜加拿大队;苏联队以3比0战胜突尼斯队;古巴队以3比0战胜巴西队;秘鲁队以3比0战胜联邦德国队;日本队以3比1战胜朝鲜队;美国队以3比1战胜意大利队。

9月3日,民主德国女子排球队又以3比2力克夺标呼声甚高的苏联队,几场比分分别是:12比15,10比

15，15 比 11，15 比 6，15 比 9。

苏联女排在先胜两局后，场上只留下两名主力队员，换上四名替补队员。被对方连扳两局后，苏联队再将主力换上，但民主德国队最终还是以高昂的斗志拿下了最后一局。这场比赛共进行了两个多小时。

9月4日，即北京时间5日凌晨，中国女排与小组的最后一个对手苏联队相遇，这是世锦赛第一场硬仗，也是一场牵动全局的比赛。

比赛规则规定，第一阶段的小组赛中，各组前三名将进入第二阶段的比赛。

从当时情况看，中苏两队出线已成定局，关键是谁能战胜对手，以小组第一名的身份进入第二阶段比赛。

在第二阶段的循环赛中，A、C两组的6支队伍编在一组，B、D两组的6个队编在一组，凡在第一阶段相遇过的队不再比赛。

因此，中苏女排这场比赛实际上有两重意义。首先它决定了在小组的名次，其次，它对第二阶段的名次有极大的影响。

这场比赛的负者如果再输一场，在半决赛中就将与A、C组的第一名相遇，很可能是古巴队，只有取胜才能进入决赛，负则只能争夺第三名。

由此可见，中苏女排之战对双方来说有着重要的意义，两个队都面临同样的抉择。

本届大赛夺魁呼声最高的中、古、苏三强中，任何两队的交锋都将代表着当时世界女排最高水平的较量。

中苏女排之战自然是开赛以来最引人注目的一场比赛，这也是本次大赛的第一个高潮。

从实力上分析，苏联女排平均身高1.83米，对网上争夺为主的排球运动来说，该队的确占有优势。那些年，苏联队吸收快速多变的亚洲打法，攻防都有改观。

从苏联队到达比尔森之后的训练和比赛中发现，该队阵容无大变化，仅有两张生面孔，一名是以防守为主，一名是为了加强进攻的速度。

身高1.93米的尤莉娅非常引人注目，在与突尼斯队的比赛中，她没有作为主力队员上场，估计教练意在关键时起用尤莉娅，加强拦网，用发球破坏对方的一传。从整体看，苏联女排技术仍显粗糙，二传手的问题仍未解决。

而中国女排在四个方面占有优势。首先，中国女排在5年来的重大比赛中从未输过苏联队，心理上占有优势。其次，中国女排敢打逆风球的顽强精神和战斗作风为世界排坛公认。这也是给对手的一种威慑力量。对此，日本山田重雄教练说："这种精神力量是惊人的，它是以技术和临场经验为后盾的。"第三，中国女排大部分队员有参加多次世界大型比赛的经验。第四，中国女排整体配合好，攻防均衡，技术发挥稳定。

因此，在正常情况下，中国女排是有把握取胜的。

比赛开始后，中苏女排的争夺战异常激烈，双方都发挥了比较高的水平，苏联队除继续凭借其身高优势，充分发挥其凶猛扣杀的长处外，在防守上也相当出色，比过去有进步，场上的应变能力也大有提高。

中国队第一局打得很出色，一开始便以5比0、10比2领先，随即以15比9拿下第一局。

第二局，中国队一度以4比11落后，十分危险，但队员们能顶得住，一分一分地搏，连拿11分，最后反以15比11取胜。

第三局，中国队开局好，以9比1领先，但中间一段却反被苏联队以12比9超出。苏联女排越来越适应中国女排的打法，而且越打越好。关键时刻，中国女排沉着冷静，团结奋战将比分赶超。随后，苏联队较多地使用了尤莉娅，使比分差距越来越小，但她还太年轻，缺乏实战经验。结果中国队以15比13胜利。

中国队在第十届世界女排锦标赛上以3比0战胜苏联。这一胜利，为中国队在第二阶段比赛中以第一名身份出线创造了非常有利的条件。

后来，针对这次比赛，苏联女排主教练帕特金在答记者问时说："从技术上讲，苏联女排的配合不够默契，技术上也有不少漏洞，全队实力没有充分发挥出来，从心理上讲，情绪不稳定，求胜心切。由于这两方面原因，苏联女排输给了中国队。"

中国女排在比尔森以3比0战胜苏联队。至此，第十届世界女排锦标赛第一阶段的比赛，经过3天24场角逐，已全部结束。中国女排三战三捷进入复赛。4个组的前3名共12支球队进入第二阶段比赛。

根据比赛规程规定，A组的韩国、保加利亚、捷克斯洛伐克和C组的古巴、秘鲁、巴西6个队组成E组；B组的中国、民主德国、苏联、日本、美国、意大利6个队组成F组，分别进行第二阶段的循环赛，小组交过手的队不再比赛。E、F组的前两名再进行交叉赛，胜队再争夺冠军。

在第一阶段中，8支种子队仅捷克斯洛伐克、苏联两队被非种子队击败。

9月7日，第二阶段的比赛将在俄斯特拉发和布拉格两地举行。

中国女排在俄斯特拉发迎战美国队。

美国女排上场的完全是一批新人，只有4号韦肖夫是和海曼、克罗克特同期的队员。美国队队员的身体素质都不错，但从现场实战看，这个队还比较嫩，缺乏临场经验，技术和战术都比较单调。

美国女排自1984年奥运会以后，塞林格教练辞职，老队员相继离去，新组建的队伍一直未见露面，人们对其实力不大清楚。

结果，中国女排以3比0战胜美国队。3局的比分分别是：15比4，15比10，15比5，比赛共进行了一个小时。

9月8日，中国女排在布拉格迎战意大利队。

由中国江苏籍教练卜庆霞执教的意大利女排在这场比赛中打得很活跃，拦网成功率很高。

第三局的比赛一开始，中国队用巫丹、胡晓凤换下了郑美珠和侯玉珠，意大利队抓住时机一口气拿下6分。后来，中国队再把主力队员换上，局势才有了好转。

最终，中国队以3比0战胜了意大利队，比分分别为：15比4，15比4，15比13。

此外，在刚结束的另外3场比赛中，秘鲁队胜韩国队，苏联队胜日本队，古巴队胜保加利亚队，比分均为3比0。

9月8日，美国队对民主德国队的比赛，是开赛以来最精彩的一场比赛。双方酣战两个多小时，观众始终沉浸于激烈与紧张的气氛之中。场上掌声、叫喊声和喝彩声不绝于耳。

民主德国队在第一阶段的表现早已引起人们的注意。而美国队在民主德国队面前毫不示弱。比赛一开始，你来我往，地板砸得咚咚响，比分一直咬着上升。美国队失误较多，丢掉第一局。

第二局，美国队身材只有1.73米的2号罗克4号位强攻大显威风，以15比9扳回一局。第三局，民主德国队以15比10再胜一局。

第四局，美国队又以15比13夺回一局。

第五局，双方每得一分都十分困难，很长时间互换发球。民主德国队以10比5领先。这时，美国队又追成了11平。双方又展开了你争我夺的拉锯战，打成13平。美国队追成13比14，获得发球权，可惜发球失误。接着，民主德国队6号一球定乾坤，取得最后胜利。

9月9日，在布拉格，世界女排锦标赛第二阶段比赛结束，E、F组前两名出线已经确定。

E组的为古巴队和秘鲁队，F组为中国队和民主德国队。这样，12日将由中国队对秘鲁队，古巴队对民主德国队。两场半决赛的胜者将于13日争夺冠军。

当天，中国女排迎战复赛阶段最后一个对手日本队。

中日女排之战，中国队一开始仍以杨锡兰、姜英、侯玉珠、郑美珠、梁艳和杨晓君6人组成的主力阵容出场。中国队表演最出色的队员是备受日本观众青睐的8号姜英。

日本队以中田久美为场上核心。这两个队互相了解，打法都以快速多变战术为主。日本队吃亏之处还是在于网上处于劣势，缺乏强攻能力。

最终，中国女排以3比0战胜复赛阶段最后一个对手日本队，3局的比分分别是：15比6，15比8，15比4。

第十届世界女排锦标赛开赛以来，中国女排六战六胜，仅输一局，至此中国队顺利进入半决赛。

此外，另两场比赛的结果是，秘鲁队以3比0胜保加利亚队，民主德国队以3比0胜意大利队。

随后，半决赛对阵形势为：中国队对秘鲁队，古巴队对民主德国队。

9月14日，在捷克斯洛伐克首都布拉格，举行第十届世界女子排球锦标赛冠亚军决赛。

中国女子排球队奋战4局，以3比1战胜了号称"加勒比旋风"的古巴女排，连续第五次夺得世界冠军。4局的比分是：15比6，15比7，10比15，15比9。

第十届世界女子排球锦标赛通过6场决赛，决出了前12名的名次。

在冠、亚军决赛中，中国队3比1胜古巴队。在决定第三、四名的比赛中，秘鲁队3比1胜民主德国队。

锦标赛组委会评选中国的杨锡兰为本届锦标赛最佳运动员，张蓉芳为最佳教练员，杨锡兰获得最佳二传奖，杨晓君获得最佳接球奖。

民主德国的阿尔特、古巴的拉·冈萨雷斯、秘鲁的德尼斯、苏联的奥古延科分别获得了发球奖、攻球奖、救球奖和拦网奖。秘鲁的塔伊特和民主德国的斯廷登曼获得了特别奖。

中国女排队员又一次站在了最高领奖台上，她们微笑着，向观众招手致意。

国家体委电贺女排佳绩

1986年9月14日，国家体委、中华全国体育总会和中国排球协会，分别打电报给正在布拉格的中国国家女子排球代表团，热烈祝贺中国女排荣获第十届世界女子排球锦标赛冠军。

国家体委和全国体总的贺电说：

你们在第十届世界女排锦标赛中，以全胜的战绩赢得冠军，我们向你们表示热烈的祝贺！

实践证明中国女排是一个坚强的战斗集体。贺电希望中国女排戒骄戒躁，再接再厉，今后为我国的体育事业和四化建设作出新的贡献。

中国排球协会在贺电中说：

全国排球界对中国女排再次夺得世界冠军感到欢欣鼓舞。

中国排球协会名誉主席宋任穷也打电报给中国女排，他说：

祝贺你们在捷克斯洛伐克荣获第十届世界女子排球锦标赛冠军。感谢中国女排又一次为祖国赢得了荣誉，并希望中国女排再接再厉攀登新的高峰。

此外，中华全国总工会、中华全国妇女联合会、中国共产主义青年团中央委员会、中华全国青年联合会和中华全国学生联合会，都分别致电祝贺女排。

中国女排成功实现五连冠

1986年9月15日，中古女排决赛结束后，中国代表团团长袁伟民向记者谈了他对本届世界锦标赛的印象。袁伟民说：

这届比赛中，中国队越打越好，特别是对苏、秘、古三队，一场比一场打得好，精神振奋，没有包袱，基本实现了赛前的部署。对古巴队这场球，攻防都贯彻了准备会的意图，把古巴队的锐气挫败了。第三局比分落后，但阵脚未乱，为第四局打下了基础。第四局打得果断，防守灵活。二传、主攻、副攻发挥得都很好。球路很清楚。赛前估计双方实力为五比五，关键在于发挥。中国队从技术、战术到风格，发挥得都很不错。

当谈到中国女排今后的问题时，袁伟民说："重要的是后备力量，特别是要培养像郎平那样的尖子运动员。"

另外，中国女排为祖国夺得了第五个世界冠军后，中国女子排球队教练张蓉芳、郎平发表讲话：

在这个激动人心的时刻，作为教练，我们想说的几句话是：这个金杯首先是全体队员团结战斗、顽强拼搏的结果，是依靠集体的力量和智慧赢得的。

3个月前，邓若曾指导因病辞职，中国女排教练的重任落在我们身上。当时我们的信心是不足的，因为我们只有当运动员的经验，而没有当教练的经验。但大赛临近，任务迫在眉睫，我们曾为此焦虑过，认为今年世界锦标赛再要拿冠军难上加难。

正当为难之时，许多球迷来信鼓励我们大胆干，老教练袁伟民也挤出时间来看我们队训练，并亲自教我们如何当好教练。他要求我们紧紧依靠全体队员，把每个队员的潜力都发挥出来，充分发挥集体力量，打好世界锦标赛。目前中国女排没有出色的明星队员，因此加强集体配合，充分利用集体力量，比任何时候都显得重要。

在这次比赛中，我们从思想、心理到技术上，都坚决贯彻了这个指导思想，所以从预赛到决赛，水平发挥比较正常。无论对民主德国队首局失利，还是对秘鲁队首局鏖战相持，队员们都能互相鼓励，互相弥补，临危不惧，团结奋战，化险为夷。打古巴队更是加强集体配合，运用攻防技术的综合力量战胜对手，终于如愿以偿，把实力雄厚的古巴队打败了。

中国队教练虽然获得了最佳教练奖，但作为只有3个月时间的教练来讲，我们的头脑是很清醒的。应当说获得这个奖是名不副实的。这个成绩是属于队员的，胜利是属于全国人民的。

9月16日上午，中国女排一行21人，在代表团团长袁伟民的率领下，笑捧金杯，凯旋抵京。

在机场大厅，女排姑娘们受到了等候人群的热烈欢迎，10多名青少年向她们献上了鲜花。

中顾委秘书长荣高棠、国家体委主任李梦华、国家女排前任教练邓若曾等到机场迎接。

张蓉芳和杨锡兰代表女排对祖国人民的关怀表示衷心感谢。

本书主要参考资料

《国史全鉴》 本书编委会编 团结出版社

《走向世界——中国女子排球队的故事》 马信德著 中国青年出版社

《中国女排奋斗记》 何慧娴 李仁臣著 天津人民出版社

《中国姑娘》 鲁光著 人民体育出版社

《中华之光》《辽宁体育报》编 春风文艺出版社

《中国女排之歌》 丁明堂编 解放军出版社

《三连冠》 何慧娴 李仁臣著 湖北人民出版社